野坪の蠅　弐

ヤマザキ覚

目次

第一章　時代は変わっていく……7
第二章　レトロ屋敷で不幸を降ろした魂……17
【第一話】サンタのプレゼントは殺人旅行……21
【第二話】憑《つ》かれ女《め》……32
【第三話】身代わり藁人形……41
【第四話】きつねの嫁入り……57
【第五話】月讀命―ツクヨミ……65
【第六話】南瓜《かぼちゃ》ふたつ……74
【第七話】できる霊の復習……83

【第八話】不思議な国の幽霊ちゃん……91
【第九話】優しい悪魔たち……105
【第十話】怨親身《おんしんみ》の女……109
第三章　引き寄せられた魂……119
第四章　レトロ屋敷の幕引き……137
第五章　野坪は永遠に不滅……151
あとがき……164
壱心語録……169

その公園は昔から知っている。

だが、わたしは一度も足を踏み入れたことがない。なぜだか暗く感じるのだ。

原因は敷地を囲むように植えられている大木のせいかもしれない。

公園の先には一軒家が建っている。

赤レンガの塀は、蔦《つた》がびっしりと絡《から》まり、軒下まで伸びている。

訪れる人の流れは途切れなく、なかには何度も足を運ぶ人もいた。

背負った不幸を降ろし、心が生まれ変われる場所。

わたしはこの家をレトロ屋敷と名付けた。

第一章　時代は変わっていく

1

前作『野坪の蠅』は不幸な実話にもかかわらず、「面白い」と嬉しい感想をいただいた。見えない世界や知らない話は、不思議で奇妙な穴にはまって出られなくなる。ページをめくる手が止まらなくて、一気に完読したという読者もいた。

「次は私の人生を書いてほしい」「不思議な体験をした」「ムカつく話がある」と電話や手紙を頂いた。また、首吊り自殺の話を提供してくれた女性から、お礼の電話をもらった。「みんなが読んでくれて、あの人も喜んでいます」本に掲載されたことで、死んだ人が成仏したという。この時、言葉には何らかの霊的な力があると感じた。

日本は万葉集の中で、言魂《ことだま》の力によって幸せがもたらされる国とされていた。良い言葉を発すれば幸運が、不吉な言葉を発すれば不運が起こると信じられていた。

不幸ばかり集めた本は、人によって嫌悪される。それでも、面白い、と評価された背景には、取材させてくれた人達の言魂が、読み手の中で良い方向に動いたとされる。

不幸は忘れたくても忘れられない。できれば誰かに聞いてもらえば心が軽くなる。それが活字になって、多くの目に触れられるとしたら、不幸話が成仏するのではないか。

誰もが持つ心の闇。彷徨《さまよ》う言葉の魂は、光を浴びることによって、浄化するのを知っている。

2

霊が動いた実話の世界は今も続いている。

本書を初めて手にした方は『霊が動いた』とはなんぞや、頭の中で疑問が湧くと思う。なので、ここで少し紹介する。

二〇〇九年の春、わたしは生霊に憑かれたと思い込み、ある一人の霊能者と出会う。鑑定の結果、生霊ではなく、前世だった落ち武者が泣きながら訴えていた。

『うじうじするな。胸を張って生きろ』

病気が原因で車イス生活を始めて七年。新しい職場にも慣れ、少しずつ社会参加もしていた。それでも、心の中では障害を受け入れてはいなかった。ある日、水曜になると決まって具合が悪くなった。曜日限定とは何かある。もしかしたら悪い霊に憑かれているかも。

こうして、同僚が紹介してくれた霊能者の鑑定を受けたのが始まりだった。

この世には首を傾げる物事がある。不思議な出会い、突然の事故、不幸な出来事。あなたは信じられるだろうか。これらの原因は、霊が動く力によって引き起こされているという。

霊能者、壱心との出会いは偶然ではない。過去を引き摺り、現実を受け入れず生きていたわたしに、見えない影が引き合わせてくれたのだと、今でも思っている。

壱心の元には連日、全国から悩みを抱えた相談者がひっきりなしに訪れていた。古家の住まいをレトロ屋敷と名付け、ここで出会った人達から相談事を取材させてもらった。

壱心は不幸話が集まるレトロ屋敷を野坪と例えた。背負った不幸を降ろし、生まれ変わった気持ちで飛び立っていく。相談者の心を浄化できる場所。それが野坪だった。

十二の実話を入れた本は『野坪の蝿』とタイトルを付けて二〇一五年に出版した。ちまたでは良く当たる占い師と呼ばれているが、元修行僧で悟りを開いた霊能者のほうがしっくりくる。相談者の見えない世界を壱心の言魂で癒すように、現在《いま》もレトロ屋敷で不幸な人を迎え入れている。

3

お盆が過ぎた頃、壱心から久しぶりに電話が掛かってきた。

受け入れなければならない現実と、別れというものは、突然やってくる。同じ場所でブンブン飛ぶわたしに発せられた言葉が、ど真ん中に刺さった。

『来月、ここを出ていく』

レトロ屋敷から出ていく話は昨年から聞いていた。昨日今日の話ではない。まだ大丈夫。まだ時間はある。逃げていた思考回路は、雷に打たれ短絡した。

「そっか」

素っ気ない発言の裏側で、心の隙間に風が通った。

二か月ぶりに電話で話す声は元気だった。リオ・オリンピックで日本選手が活躍している最中に、国民的アイドルが解散すると大々的に報じられていた時だった。

わたしは、というと、やっと仕上がった本が四月に発行され、燃え尽き、だらだらとした日々を過ごしていた。加えてスイッチが入らないと始められない性分が、悪循環を生み出していた。

『野坪の蝿』の続きも書かなければ。取材もしなければ。ければ、ければ……。

こうやって過ごしていく中で、前に進まない背中に、座禅で叩かれる警策《きょうさく》が放たれた。

同じ所にとどまらず、二年周期で動くのが好き、という壱心は、レトロ屋敷に六年もの間住んでいた。

「どこに行くの？　引っ越し先は決まったの？」

ずっと、レトロ屋敷にいて欲しい。それは個人的な希望であって、束縛する関係でもない。次の行き先を聞くだけで精一杯だった。

『候補はいろいろある。どうするかなぁ、迷っとるんじゃ。四国に帰る手もある。じゃがな、四国に戻ったら二度とこの地にはこない』

迷う理由を追究するより、レトロ屋敷からいなくなる現実が大きく膨らんだ。

四国は壱心の故郷だった。自然豊かな土地。山奥。

「四国って、おじさんに会えないようなところに行くの？」

『書いてないじゃろ。ちゃんと見ていたぞ』

大きく深呼吸をした。まだ話の途中だ。気の抜けた生活を透視していたかのように、少し強めの口調で当てられた。

「もう、見ないで」

今まで鑑定した不幸な人、ベスト5に入るわたしはたまに透視されている。それも、よく視えるらしい。成長しない行動パターンは、遠隔地から手に取るように視えていたようだ。

連絡をしなかった二か月の間、屋敷に訪れていた不幸な人達は幸せになっていた。ベスト5だった不幸ランキング。いやおうにもベスト3に順位が上がっていた。不幸のベスト3とはあまり嬉しくない。

『ここも十一月に取り壊す。レトロ屋敷がなくなるんじゃ』

大家が新しい家を建てる予定はそれとなく聞いていた。同じ場所に住まいを構えない壱心からしたら、ずいぶん長居したほうだ。

『あんたも幸せにならんとな。時代は、どんどん変わっているんじゃ』

前に進め、書け。最終勧告に感じた。五十年経てば、壱心が存在した記憶も土の中に埋もれてしまう。文章で残す行為が、使命のような気がした。

レトロ屋敷で不幸な人達を幸せにしてくれた人が存在した。不幸に立ち向かい、懸命に生きていた人達が存在した。

幸せになっていく魂の真実を残そうと、わたしは取材ノートを開いた。

第二章　レトロ屋敷で不幸を降ろした魂

「あんた、彼氏いないいじゃろ」

レストランでコップに水を注ぐ若い女性従業員に向かって壱心が発した。女性は驚きながらも「いえ、います」と小声で反応した。

女性と壱心の顔を交互に眺めた。実は前にも同様の光景があった。ファミレスでお皿を片付ける店員さんに向かって「働いてもお金は貯まらないな」とズバリ言い当てたのだ。

でも、今回は当たらなかった。勘が鈍る時もあると、壱心の表情を黙って見つめた。

「そんなのは彼氏じゃない」

彼氏がいると答える女性に向かって否定するとは失礼だ。仕事中に、いや、プライベート中でも知らないおじさんから「彼氏いないいじゃろ」と突然言われたら薄気味悪い。

「たまにしか会わない彼氏なんか、彼氏と言わない」

透視した壱心が続けた。これには女性が反論した。顔は赤くなっている。

「そんなことないです」

「じゃ、昨日会ったか？」

「いえ」

「今日は会わないじゃろ。そんなのは彼氏と言わない」

何か意図するところがあったか。女性の動きが止まった。そして、こういった。

「ええ、そうです。彼氏じゃないです」

開き直った。それともトラブルに発展しないよう、やんわりと事体を収拾する対応マニュアルがあるのか。肯定の裏側を想像した。

「そうじゃろ。たまに会っても愚痴ばかりじゃ、相手も嫌になる。明るくな。笑顔で」

恐ろしい、このおじさん。愚痴を漏らす女性の姿が視えていたのだ。年々低下する視力に反し、透視する力は強くなっている。怪人並みの能力は年を取っても健在だ。

「今夜、電話してごらん」の助言に「はい。電話してみます」と受け答える女性に、柔らかい光が差し込んだように感じられた。

壱心のもとには相変わらず多くの相談者が訪れている。レトロ屋敷を舞台にした実話本を出してからファンも増えたようだ。

不幸話は一歩間違えば事件になる要素を含む。これは他人事ではない。暗闇で彷徨う魂は殺人鬼にも豹変するし、平和に暮らしているあなたにも、不幸は突然降りかかる。何よりも恐ろしいのは死んだ人間の魂ではない。生きている人間の闇で、ふつふつと煮えたぎる魂、これが一番恐ろしい。

それではレトロ屋敷で不幸を降ろした魂の話を始めよう。わかっていると思うが、物語はすべて実話に基づいたものである。ただし、体験者が限定されないよう実名は変更してある。

【第一話】サンタのプレゼントは殺人旅行

クリスマス・シーズンになると、どことなくワクワクする。きらびやかな電飾は師走の街を包み、寒空を暖かくしてくれる効果がある。

大人でもちょっと浮かれるのだから、子どもはもっと楽しみだ。サンタクロースからプレゼントが貰えて、ケーキや大好物が食卓に並ぶ。

クリスマスは平和な家族の一大イベントだったはずなのに、レトロ屋敷に訪れた和恵は、サンタの夫と『早く別れなければ、命が短くなる』と壱心から予言された。


二〇一五年八月。

和恵はサンタから逃げるため、幼い二人の子どもを乗せて車を走らせた。とにかく遠くに逃げなくては。でも、どこに逃げたらよいかわからない。丁字路の道路標識。一度訪れた都市名が目に留まった。藁をも掴む思いで和恵は電話を掛けた。

「遠慮しなくていい、こっちに来なさい」

受話の相手は壱心だった。道路標識が指す都市まで、無心でハンドルを握った。

和恵家族に初めて会ったのは、サンタの元から逃げてきた翌日だった。それから間もなく、近くの食事処で子ども同伴の取材を行う。壱心が子どもたちの面倒を見てくれたおかげで、二人だけの空間になると、和恵はゆっくりとした口調で語り始めた。


レトロ屋敷を初めて訪れたのは三か月前だった。友人から紹介され、二人の子どもを連れて鑑定を受ける。相談はサンタの浮気だった。

壱心はレトロ屋敷の廊下を歩く影を見逃さなかった。

「お母さんと子ども二人が歩く後ろに黒い影が見えた。体の大きな影だったよ。これは不吉なことが起きるって、確信したんじゃ」

十五年前に外国人のサンタと結婚した和恵は、女の子と男の子を儲けた。とても子煩悩な父親で、休日は毎週教会に通っていた。

浮気に気づいたのは、教会に通う女性と頻繁に連絡を取り合う姿だった。愛する人と会話を楽しむような顔つき。嬉しそうな表情。ピンときた。自宅に郵送された二台分の通信契約書。これが決定的な証拠になった。

浮気相手のイルマはサンタと同郷の既婚者。子持ちで不動産会社の社長夫人だ。整形顔に派手な洋服を身に付け、イヤリングのように男を取り換えていた。子どもはほったらかし、欲求の赴《おもむ》くまま生きていた。

サンタは教会に通うイルマと毎週会っていた。互いの子どもを同伴させ、不倫をカモフラージュしていたのだ。

和恵の子ども、小学六年生の希《のぞみ》は気づいていた。イルマと車中で話す会話をいつも聞いていた。子どもだから何もわからない。大人の会話を理解できない。と、サンタは油断していたようだ。

小さな探偵は二人の行動を一部始終追い、車中の光景を随時、母の和恵に報告した。

「車の中でお母さんの通帳の表紙を破いていたよ」

和恵が生命保険の受取人をサンタにした説明をしてから、金目の物がなくなる事態が続いていた。通帳が盗まれ、ノートに書いた暗証番号を盗み見され、金券もなくなった。留守中に部屋を探し回った形跡もあった。行動が発覚してから、金目の物を金庫に預け、サンタが家にいるときは和恵も自宅にいるようにした。

「あれはイルマから指示されていたと思う」と語る和恵が、サンタの言葉に驚く。

「昼間なにしているか、知っているんだからね」

誰にも話していない。サンタに内緒でレトロ屋敷に出掛けた日。さすがに背筋が凍った。

「お母さんの名前で土地と家を探しているって話していた」

希がおかしな話をした。イルマの夫が経営する不動産会社が絡んでいると知り、抑えていた怒りが沸き上がった。陰で何か企んでいる。黙ってはいられなかった。和恵は社長であるイルマの夫に直接電話を入れた。

「私の名義で土地を探しているようですが、それはやめてください。それと奥さんとうちの主人、浮気していますよ」

「浮気？　二人は教会の付き合いだろ」

何も知らない夫は激昂した。物凄い怒りだ。電話を切った後、浮気を問う夫の怒る状況が手に取るようにわかった。だから和恵は何度も念を押した。

「今の話、奥さんには内緒にしてください」

不倫相手の妻から密告された夫が内緒にするわけがない。内緒話には羽根が生え、イルマから状況を聞いたサンタは和恵を問い詰めた。不倫を暴露されたイルマは怒り狂い、電話で別れを告げた。

泣きながら電話を切ったサンタ。涙はイルマにぞっこんな証拠。ただの浮気ではない。密告した和恵の心中は複雑だった。

狭い街に住むイルマとは避けていても出くわす。

「おい、待ちなよ」

スーパーのトイレ前で声を掛けられた。密告を許せないイルマは和恵を恨んでいた。用を足すまで待ち伏せしている。無視し続けると大声で怒鳴り散らす。二人は通りかかる買い物客に眺められた。

「警察呼びますよ」と発すると「バラして私をけなして！」と怒鳴りながらその場から走って逃げた。

「早く別れないと、あんたの命が短くなるよ」

最初の鑑定で壱心から言われた言葉。危機感はまったく感じない。サンタと一緒にいれば精神的に疲れ、命が短くなると思っていた。だから、不倫を知っても離婚はしなかった。上の子、希が二十歳になるまで我慢しよう、と考えていた。

「今度お父さんに暴力を振るわれたら、警察に電話しなさい」

サンタの写真を見た壱心が娘の希に告げた。子煩悩な父は前から希に手を出していた。しつけとは違う叩き方が視えていたらしい。

屋敷の廊下で見た黒い大きな影。壱心は写真に写るサンタだと予想した。屋敷に訪れていた日、サンタはスマホにつけたＧＰＳ機能で和恵の行先を把握していた。もしかすると、大きな影はサンタの生霊にも思える。

鑑定から戻ったある日、希はサンタに叩かれた。行動をする時がやってきた。すぐに警察へ通報した。

「お父さんを連れてっていいの？」

警察官が再確認した。実の父親を連行する警官に「連れてってください」と発言する理由は他にもあったようだ。

警察に捕まってから、サンタが使用していた車のトランクを開けて和恵は足が震えた。

ビニールシート、ガムテープ、ペンチ、ワイヤー。仕事にまったく関係のない物品に、警察の面会でサンタに問いただしたところ「教会で使う」と平然と答えた。


取材も後半に入った所で、お母さんの様子を希が窺《うかが》いにきた。和恵の肩越しに心配そうに見つめる希と、わたしは何度も目が合っていた。

「希はすべて知っています。だから話の続きは大丈夫です」

取材は続いた。

壱心も加わり、取材中、新たな情報を和恵は知る。

「『まだ言っちゃだめだけど、今年中にパパの国に行くから。これはママには秘密だよ』って言ってたよ」

イルマと車で話した会話。和恵の前で初めて希の口から零れ出た。

「いつ、いつ話していたの？」

「えっと。去年のクリスマスかな。パパが泊まる部屋とかも決めていたよ」

秘密の旅行。メンバーはイルマとその子ども、和恵と二人の子どもとサンタだ。イルマと和恵が同部屋として決めた計画は、故郷に帰省するためではなく、和恵を殺すための旅行だった。勘のよい希は和恵を守るため、旅行話を聞き、家にあるノコギリを隠した。

未遂で終わった殺人旅行だったが、殺害は諦めていなかった。目的は和恵の保険金だ。車に殺害道具を隠し、殺す時機を狙っていた。

「わしの予想した通りじゃ。警察が連れて行かなければ、今頃、殺されていたな」

車のトランクからビニールシートやガムテープを発見後、警察に相談した。身の危険を感じて助けを求めたが、「あったからどうこうでは動かない」と、警察は動いてはくれなかった。

釈放されるまで逃げなければ。警察の勾留期間は十日間。レンタル倉庫に部屋の

取材後半から子供と一緒に話を伺った。写真中央が希ちゃん（仮名）。
現在、三人は新天地で暮らしている。

荷物を預け、車に飛び乗った。だが、どこにも行くところがない。身内、友人宅に身を置いても、サンタは迎えにやってくる。

行く先もなく車は丁字路で止まっていた。前方の道路標識に一度訪れた都市名があった。

「希ちゃんは、ママにとって光だ」

壱心がお手柄を褒めた。和恵の脇にちょこんと座った希が、体を寄せて甘える仕草をした。娘に守られた命。壱心に助けられた命。

あの日、屋敷に足を踏み入れなければ、わたしは和恵の話を聞けなかっただろう。

「子どもが十八歳になるまでに殺そうと思ったんじゃないか」

和恵を殺し、子どもと一緒に暮らす。子どもは役に立つから生かしておこうと思ったか。殺人旅行や保険金話を警察に話すと、接近禁止令がサンタに勧告された。

壱心が希に質問した。

「お父さんに言いたいことある?」

「何もない」

夫婦といえども赤の他人だ。そこに別の他人が絡んでくれば、少なからずとも波風が立つ。加えて妻の保険金受取人を夫にしていると知れば、奥深い欲が光に向かって浮上する。たとえ不倫相手にそそのかされていたとしても、人を殺す、それも妻を殺す計画まで行きつくとは、サンタの愛は罪深い。

【第二話】憑《つ》かれ女《め》

ある女は憑かれていた。

仕事中も三番目の結婚相手として付き合っている男のことばかり考えている。見ず知らずの男と道ですれ違っても、振り返って男の肉体を追った。女は自ら「私は男にモテる」と自慢していた。もしもあなたの周りに誰とでもすぐ寝る女と「私はモテる」と自慢する女がいたら、それは色情の霊に憑かれているかもしれない。


レトロ屋敷に訪れた女も憑かれていた。愛人から暴力を受け、接近禁止令が出ても、愛人のセックスが忘れられない症候群に憑かれていた。

憑かれ女が初めて壱心のもとに現れたのは、取材を行った三か月前だった。

愛人の男と共に「ふたりの相性を占って欲しい」と屋敷を訪れた。

お互い既婚者同士。

「この女と付き合ったら、命とりになるよ」

壱心は女の耳に入らないよう男に忠告したが、忠告は性の欲求に勝てなかった。

憑かれ女の取材はファミレスで行った。周囲に話が漏れない隔離された席を陣取り、開始した。

教職に就いていた父と公務員の母の間に生まれ、幼い頃から「将来は学校の先生になれ」と洗脳された。勉強ができて当たり前。〇〇できて当たり前。親から言われ過ぎると反発方向に進んでいく子がいる。女も例外ではなかった。親の敷いたレールに絶対に乗らない。家を出る。がんじがらめの生活から逃れられたのは、短大を卒業して東京で一人暮らしをしてからだった。

縛られていた時間を取り戻すように、飲み会、デート、ディスコと遊び歩いた。二十五歳で実家に戻るが、変わらない両親の態度に反発し、アルバイト先の男性と結婚する。二人の子どもに恵まれたが、親の縛りから逃げるために好きでもない夫と結婚した女は、育児ノイローゼで頭痛に悩まされた。一箱の痛み止めの薬を一日で飲む。それでも頭痛は治まらない。十年間飲み続け、女は薬物依存症になった。

クリニックから紹介された薬物依存者の会。そこで覚せい剤依存症と戦うリュウと出会う。リュウは常習犯だった。それでも社会復帰をしようとする姿を応援していた。「お金を貸して欲しい」と言われても拒否はしなかった。借金は八年間で百二十万。返済を催促すると「借りたんじゃない、もらったんだ」と開き直るリュウを許せなくなった。

リュウは一か月に一度の割合で女の前に現れていた。覚せい剤を打って女の住む町まで来ていた。覚せい剤は体を蝕む。すでに内臓はボロボロ。立ち直って欲しい気持ちもあった。だから、薬を打っている姿を動画に撮り、警察に見せた。

それから一年経ったある日。知らない電話番号が女のスマホに掛かってきた。

「食事でもどうですか？」

聞き覚えのない男の声。話を聞くうち薄らと記憶が蘇った。リュウを警察に突き出した時、知り合った人だった。男は女のタイプではなかったが、食事をした後、そのままホテルに流れ、男と結ばれた。

「初めてだった。こんなにも体が合った人」

男は毎日のように連絡をしてきた。単身赴任していた男のマンションで何度も体を重ねるうち、憑かれ女はセックスに溺れた。ゆくゆくは男と再婚をしたいと考えるようになった。

快楽を求め合ったふたりに事件が起きる。原因は男の嫉妬だった。

男は憑かれ女が勤める居酒屋で、客が胸を触ったところを目撃。嫉妬は暴行に変わる。何度も殴る蹴るの暴力を受け、男友達から電話が掛かって来た時は、スマホを玄関に投げられ壊された。更に体の上に馬乗りになって、首を絞められた。

息ができない、苦しい、殺される。

体に残った無数の青アザを見た夫は、妻の不倫を知っていた。

「病院で診断書をもらって、警察に被害届を出しなさい」

探偵を雇って調べ上げた夫は冷静だった。男との再婚を望んでいた憑かれ女は、言われる通り被害届を提出した。


被害届を出されてから男はもがいていた。職を追われるかもしれない。暴力を振るった原因。女にも非がある事実を夫に突きつければ、どうにかなると判断した。

数日前、憑かれ女の夫宛に相手先不明の手紙が送られてきた。封筒は簡単に開けられたので、夫が帰宅する前、女はスマホで手紙を記録した。不倫相手しか知らない内容は、暴力を振るった男が作成した文章だとわかった。掲載も構わないというので、一部紹介する。

——忠告

あなたの奥様は周りの人間を不幸にする人です。十年近くもリュウという人間と交際を続け、百万以上の金を投資し、苦しい余り警察に逮捕してもらい刑務所に送り込んだくせに、出所したと思ったら、すぐに交際を続けるような人間です。……リュウとは今も肉体関係を持ち、今週末の二十八日には占い師の所まで行く予定をしているようです。……こんな奥さんを持った旦那さんの責任として、奥さんのことをもっと管理してもらわないと不幸になる男が増えると思います。家族の主として、まずは、忠告します。

名無しのゴンベイでした――

占い師の所に行く。二十八日とは、まさに取材している今日だ。憑かれ女は壱心の所に行く話は誰にもしていない。いったい名無しのゴンベイとは誰だろう。

「あんたと電話で話している声がハウリングしておかしいと感じたんじゃ。だからあんたが電話を切った後、わしはすぐに電話を切らなかった。そしたらな、あんた

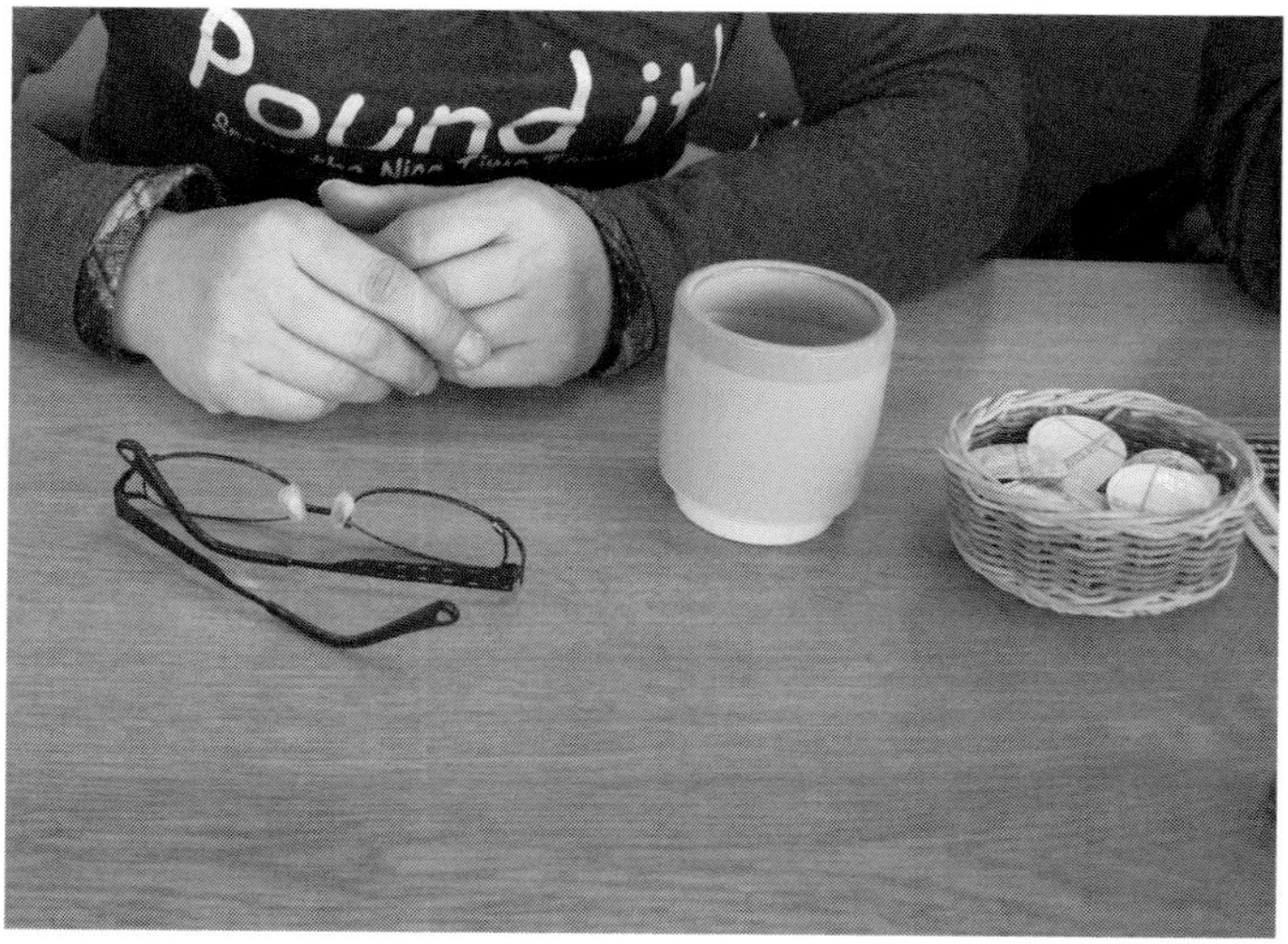

手紙に書かれた28日、それが取材を行った日だ。

が別の人に電話を掛けた会話がわしの所で聞こえるんだよ。盗聴。多分ね」

電話の会話が手紙の中に記載されている。二十八日に占い師の所に行く情報。間違いない。暴行された不倫相手の男だ。

取材日は、ダブル不倫の結末が終盤を迎えていた。

殺される手前まで被害を受けた女は、インタビュー中、何度も壱心に訊ねた。

「あの人に会いたい。いつ、いつまで我慢すればいいの」

「被害届を出した相手に会えるはずないじゃろ。向こうは接近禁止になっているんじゃ」

「どうしたらあの人に会える？」

憑かれ女の言葉を聞いて呆れた。何かに憑かれている。それもどっぷりと。

「この女と付き合ったら、命とりになるよ」

壱心が男に初めて会った時、忠告した言葉だ。女と関係を持つと不幸になる。

あきれた壱心は憑かれ女に、近いうち現実になる結果を優しく教えた。

「これから裁判になれば、自分の子どもを傷つける。それにあんたも不倫をしていたと恥ずかしい思いをする。そこのところをよく考えてな」

子どもの話が出た途端、女は壱心の助言を受け入れた。

「良かった。壱心さんに言われなかったら、取り返しのつかないところになった。被害届は取り下げる」

憑かれ女も母だ。やっと現状を知ったか。いや、いや、そうでもない。

「取り下げたらあの人に会えるようになるよね。ね、お願い。私の携帯には出てくれないから、壱心さんから連絡して。取り下げたって言って」

前世が女郎だった魂。後世はちゃんと生きるように教師の親もとに生まれたが、環境に反発した魂は男を求めた。

「私は美人、モテるの」

こんな発言を真面目な顔でされたら、間違いなく同性に嫌われる。女友だちもいない憑かれ女。波動の合う次の肉体を求め、離婚した後も西や北に男を探して彷徨っている。

【第三話】身代わり藁人形

いまもどこかで、誰にも知られず密かに行われている呪術がある。丑三つ時、呪いの呪文、お経をあげながら藁人形に五寸釘を打つ。呪いの効果は恐ろしく、標的の人物、依頼人、実行人、それぞれ何らか不幸に襲われる。

壱心は「決して手を出してはいけない」と念を押す。ところが、いろいろと調べていくうち、別の用途にも使われている現状を知った。

疫病の病魔を追い払い、田畑を食い荒らす害虫を駆逐する。藁人形は習俗の道具として平安時代に用いられていた。また、現代にあたっては、厄除け、無病息災を祈る風習が東北地方の集落に残っている。

近年、壱心が行う藁人形の使い道は、復讐だけではなく、魔除けや病魔を払うしきたりに近いものもある。打った後、なぜか奇怪な現象が起こる。まるで身代わりとなって、悪い物を吸い取っているようにも感じられた。

これから紹介する話は三つ。相談者の強い思いや運もあるが、少なくとも何かの力が動いたのではないかと思う。

振り回される男

あなたは男と女、どちらの恨みが怖いと思うか。わたしは断然、女性だと思っていた。しかし今回、取材を通して男性の恨みは女性より恐ろしいと思った。腕力と精神力を使い、標的の人物をこの世から抹殺する。これは精神的に追い込む女性より怖い。

ところで腕力を失った男性の復讐はどうだろう。女性のように精神的に追い込む方法を選ぶか。それとも寛大の心を持って相手を許すか。わたしが梅雨入りの頃に聞いた話は、体の自由を奪われた男の恨みだった。

バイクに跨《またが》り、赤信号で停車していた時だった。

足立は、時速百キロで走って来た車に、後ろから突っ込まれ、そのまま百メートル引きずられた。運転手は若い女だった。

大動脈破裂、脊椎骨折。瀕死の状態で病院に運ばれた。身内や知人には医師から「死を覚悟してください」の言葉が発せられる。

商社勤めの足立は、体力、健康には自信があった。それだけでなく、医師も驚くほどの強い生命力を持ち合わせていた。足立は死の手前で生還する。だが、残念なことに、背骨の骨折は体の自由を奪った。

見栄っ張りな妻、美妃子《みきこ》との夫婦関係は、前から壊れていた。その妻が、病院のベッドで床に就いた夫を俯瞰して、こういった。

「私は動ける。あんたは動けない。ざまーみろ！」

わたしは話を聞いていて、酷い妻だと思った。たとえ夫婦間が冷めていたとしても、身動きできない人間に対して発する言葉ではない。夫婦の間には何かがあると思った。

前世の足立は盗賊だった。今から四、五百年前だ。家に火を放ったり、女を連れ去ったりしていた。盗賊は連れ去った高貴な娘を嫁にした。それが現在の妻だと、壱心はいう。とんでもない仕打ちをされた嫁は後世で蘇り、足立と出会う。そして夫婦となって、前世の憂さ晴らしを行う。

恐妻家となったのも、前世の因縁、互いの立場が引っくり返っているというのだ。

事故前、足立がアフリカ出張から自宅に戻ると、二人の子を連れて、妻は家を出ていた。数百万あった預金も使い果たし、残高は千五百円になっていた。

その後、事故に遭う。

挙句の果て、家出した妻から入院先で、「ざまーみろ」と吐き捨てられる。

「この人はな、女に振り回される人生なんじゃ」

壱心の言葉通り、足立は女が運転する車に引きずられた。加害者の女は、入院中、一度も見舞いに来なかった。

どうして自分がこんな目に遭うのか。落胆した感情は怒りから憎しみに変わった。退院しても恨みは消えない。その憎しみの対象は妻ではなく、車で引きずった若い女だった。元の体に戻れない苦しみは、復讐に変化していく。

何か良い手立てはないか。足立はレトロ屋敷を訪ねた。

「オレの体をこんなにして見舞いにも来ない。女を恨んでやる。藁人形を打ってくれ」

「いや、藁人形はやらないよ」

呪いは依頼をした人間にも跳ね返る。松葉杖を突いて歩く足立が、不幸の火を自ら被ることはない。壱心は断った。

夏も終盤に差し掛かっていた頃、藁人形の続きを知りたくて、わたしは壱心に訊ねた。

「あぁ、あれな。打ったよ」

「本当にやったの？」

「したさ。そしたらな、仕事復帰したって、喜んで菓子折り持って来たよ。杖もいらないくらい元気になってさ」

体が回復した結末は喜ばしいことであったが、呪術を実行したと発する壱心の声は軽かった。やっていない。電話だけでは信憑性がなく、百パーセント信じなかった。

「杖がいらないって、そんなに良くなったんだ」

「もう普通じゃよ。心が元気になったんじゃな」

やっていない。やったとしたら足立に、だ。

他人を恨むことで自らの心は荒む。足立の感情を藁人形に入魂して抹殺すれば、何らかの改善が見られる。事故を起こした相手に仕返しをしても、問題は解決しないと想像した。

今春、足立の近況を電話で聞くことができた。

「事故の保険金が出ることになった。美妃子はそれを狙っている」

数千万のお金が入る。別居中の妻は保険金を狙っている。それでも足立は離婚しないという。

「オレの今の楽しみは、生きて、生き抜く！　そして、死にゆくアイツに言ってやる！　だから離婚はしない！」

やられたら、やり返す。若い女だけではなく、妻にも仕返しを企んでいたのだ。

「あんた、今度は本当に死ぬよ。交通事故で」

不吉だ。壱心の言葉は真実になる要素を持っている。

それでも、足立の妄想は止まらない。

「今度、車に轢かれるのは美妃子のほうだ。そしたら『ざまーみろ』って言ってやる！」

不死身な宇宙人

実のところ、わたしは藁人形の呪いをあまり信じてはいない。標的者が襲われた不幸などは、偶然が重なった運命にしか思えない。信じないからあえて、実話を掲載している。呪い、運命。それは読み手であるあなたに判断していただきたい。

初婚の櫻子は四十五歳、バツイチの吾朗は三十歳で結婚した。その後十年もの間、吾朗は五人の女性と不倫をする。櫻子から聞き取りをしている最中、それ以上いるかもしれないと感じた。

結婚して一年も経たない浮気は、スポーツ選手の妻とのダブル不倫。二人は結婚式をした。といっても写真の中で。ウエディング姿の相手とのツーショット。不倫相手の旦那に写真を見られ、浮気が発覚した。
不倫が原因で「うつ病になった」。スポーツ選手の旦那から、慰謝料を請求された。四百万だった。最後には「お前を働けないようにしてやる」と吾朗を脅迫した。脅迫した旦那はそれから現役を引退する。うつ病の原因は、浮気ではなく怪我によるものだと、週刊誌で理由を知る。

他人のせいにした旦那も酷いが、不倫相手の妻も懲りない人だった。慰謝料を払っても「ご主人はいまでも帰ってきますか?」と自宅に電話が来る。月に百回以上の無言電話もあった。慰謝料を払ったのに切れない相手。納得いかない櫻子は、直接会って話をしようと相手の自宅に行くが、すでに引っ越した後だった。

住民票を取ると転居地が判明した。ブログから近況も知る。引退した旦那と飲食店を経営している写真や、夫婦関係がないと言っていたその後、子も生まれていた。更新されたブログを見せてくれた櫻子は、今でも慰謝料の支払いに関して納得できないという。

最初の浮気は序幕。反省の色なく、吾朗は次々と不倫を繰り返す。櫻子よりも年上の女社長、彼氏と同棲中の女性、シングルマザーの女性。ここまで行くと病的だ。不倫相手に子どもが生まれた時は、何度も死のうと思った。ノイローゼになって、就寝した吾朗の首に手をかけたこともある。

浮気を屁とも思わない吾朗は「離婚は絶対にしないよ」と、平然とした顔で宣言する。

櫻子も離婚はしないと決めていた。意地もあった。離婚したら、浮気相手のところに行くのが目に見えていたからだ。だが、色情事は許せない。そこで仕返しを考えた。

吾朗が身に付けていたパンツ、靴下、Ｔシャツを箪笥《たんす》からこっそりと持ち出した。一式は藁人形で使用するものだ。壱心には、どうして欲しいか希望も伝えた。

「殺さないでください。半殺しでいいです」

藁人形を打っても、変化は見られなかった。その代わり、実行人の壱心が、屋敷の階段から滑って足を怪我した。しばらく足が痛くて、生活に支障が出た。

「わしが死ぬところだったよ。こんな人、見たことない。宇宙人だ」

数日後、元気な吾朗に向かい、櫻子が唐突にこんな話を持ち出した。

「ある占い師がね、藁人形やっているんだって」

「ねぇ、それって、俺にも藁人形とかやってない？」

「やってない。なんで？」

理由を聞けば、数日前、胸が苦しくなったのだという。即座に嘘を吐いたが、後日「やった」と白状した。

そんな櫻子に対して吾朗は笑った。

「私を舐めてるよね。ふざけてる」

今も懲りずに浮気をしているのだろうか。浮気されるのは慣れたというが、仏のような寛大な心を持つ櫻子の発言は、悪気ない子どもの相手をしているようだった。

六十倍の当選

就職氷河期と言われていた時期があった。今から十年以上前だ。その後、輸出産業の好転で雇用環境が回復した。採用を抑えていた企業は人手不足となり、こぞって新卒の大量採用に走り回った。売り手市場と言われた陰で既卒者の就職は改善されなかった。まして、子育てが終わった女性を正規職員に迎え入れる会社は多くない。仕事に有利な資格、過去の経歴が輝かしい人に就いてもらいたいのが採用側の本音でもある。

子どもの相談でレトロ屋敷を訪れていた美津江は、電話交換士のパート勤めをしていた。そろそろ正社員で働きたい。転職サイトで見つけた魅力的な働き口。履歴書を書いてポストに投函したところで携帯が鳴った。

「みっちゃん、これから来る?」

電話の相手は壱心だった。予定も入っていなかった美津江はその足で屋敷に向かった。

「ちょうど履歴書送ったばかり。受かるかな」

レトロ屋敷で就職試験の話をすれば、壱心が藁を取り出して何かを作り始めた。

不思議だった。無言で何個も同じ物を作っている。やがて壱心が口を開いた。

「うーん。受かるかもしれんぞ」

そして一枚の写真を取り出し、美津江に見せた。

「これ、この写真と同じ格好で面接に行って」

写真は女性が写っていた。白いブラウスと黒のタイトスカート、黒のパンプスを履き、髪の毛を後ろで束ねていた。

「あとは、おっちゃんにまかしておけ」

写真を眺めている間も壱心の手は動く。やがて手が止まった。手のひらに隠れる大きさの物は、藁で作られた人形だった。机に並べられた人形を数えれば二十体もある。

「一番ちっちゃいのでやったからな」

　楊枝を手に持ち、お経を唱えながらグサグサと一体ずつ突き刺す。

「スズキ、タナカ、サトウ、タカハシ、イトウ、ワタナベ、ヤマモト、ナカムラ、コバヤシ……」

　全部知らない人だ。

「これは何のおまじない？」

「あんたのあがり症を消してやったよ。面接で言う余計な発言も殺した。相手の質問だけ喋るんじゃ。笑顔でな」

　服装、髪型、印象。壱心の言う通りに仕上がった美津江は面接会場にいた。

　試験会場は百二十人の受験者が集まっていた。魅力ある職場の採用は二名。身なりもきちんとしている若い人達。それに比べ、地味な服装、アラフィフの私が受かるはずがない。緊張はしなかった。自分を飾る言葉も出なかった。面接終了後、壱心に電話を入れた。

「倍率六十倍。受かるはずがない。終わったね」

数週間後、壱心から電話が掛かって来た。

「言った通りになったよ。わしの勝ちじゃ」

就職の合否を勝負の対象とするのはいかがなものかと注意したいが、予言が的中した壱心の声は明るかった。

「六十倍、よく受かったなぁ。宝くじの当選みたいじゃな」

「宝くじのほうが倍率高いって」

真面目に返す反面、一つ気になった。美津江から話を伺った時、大量の藁人形を作った理由が引っかかっていた。

「ちっちゃい藁人形を作ったのは何の意味？」

「あぁ、あれな。試験会場に来ている人の名前を言って落としてやった」

不思議な使い方に唖然とした。開いた口が塞がらない上、鳥肌が立った。受験者の苗字まで当てられる透視能力が備わっていたなんて。

「す、凄い。受験者の名前もわかったの？」

「いゃ、適当に言えば何人か該当するじゃろ」

「なーんだ。そういうことか」

「それに、藁人形を本人の前で打てば自己暗示にかかる」

最大の敵は自分の中にいる。あがり症を改善するため藁人形を打つ。六十倍の難関を突破し、めでたく就職した美津江は現在、正社員として働いている。

【第四話】きつねの嫁入り

北風吹く寒い十月の日曜だった。

太陽が出ているのに小雨が降っていた。こんな天気を『きつねの嫁入り』という。めでたい日にもかかわらず、涙を流すお嫁さんを天気に例えている。

レトロ屋敷に出入りしていた女性とは、去年から二回ほど顔を合わせていた。結婚願望が強く、何人か壱心からお見合い相手を紹介してもらっていた。

長い髪を頭の上に丸めたお団子は、ムーミンに出てくる女の子の髪型に似ている。その女性をミイと名付けた。

今年に入り、結婚に向かっていい感じだったが、婚約の手前で破談になった。

「詳しい話は本人から聞いてごらん。今度の日曜、家のお祓《はら》いに行くから、一緒に行くか？」

東京近郊にあるミイの家は、庭にお稲荷様が祀《まつ》られているという。半径百メートル以内に三つの寺院があり、経営しているアパートの裏は墓場。寺と神社が入り混じった不思議な地域で、どのようなお祓いが行われるか興味が湧いた。

お稲荷様のお祓いは初めてだ。もしかしたら貴重な体験かもしれない。期待感が膨らみ、壱心の誘いを快諾した。

「十一時には着くじゃろか」

「多分。カーナビ通りに行ければね」

壱心を乗せた車は目的地に向かっていた。

「午後は陽が翳るからね。そんな時間帯に行《おこな》っても、願掛けが叶うものではない」

太陽が顔を出し、大地を照らす。陽のエネルギーが多く当たる時間帯、それが午前中だ。神社のお願い事は午前中。こんな理由があって、壱心は時間を気にしていた。

寺の通り沿いの門から、ひょいとミイが顔を出した。ナビは正確だ。到着時刻、十一時。予定時間に到着すると、先に車から降りた壱心が家の周りを歩く。時々、手を翳し、何かを読み取っている。

その家は木造二階建て、屋根瓦が目立つ古い家だった。縦長の敷地を囲む白い塀は、門から五十メートルもある。塀から木々が聳え、大きな松が目立つ。葉先は丁寧に剪定され、定期的に庭師が入っている証拠だと思った。

お稲荷様は、大きな根曲がり松と寄り添うように建っていた。コンクリートで作られた前の鳥居は「木で作られた赤の鳥居だった」と聞き、京都の伏見稲荷が浮かんだ。

壱心が用意した米、果物、穀物、お神酒、花、砂、塩水、竹笹、藁を車から降ろす。藁で編んだ綱と竹笹を鳥居に飾り、お稲荷様は短時間で華やかになった。油揚げを置き、赤い蝋燭に火を点け、お経が始まった。

お稲荷様にお経。神仏習合。昔、明治時代までは神道と仏教が一つの宗教だった。

時代が変わっても、人々が神や仏に願い、祈る行為は同じだ。そう思えば、違和感はいささか薄らぐ。お稲荷様の前に整列した家族の背中越しから、壱心が鐘を鳴らした。

「どうかここに来ていましたら、蝋燭の火を大きく揺らしてください」

問いかけの先は見えないものだ。幽霊、先祖、それとも狐か。言葉に応えるように、狐の脇で縦長の形をした火がブワッと横に大きく広がり、ひゅるひゅると揺れ出した。見えないものに語り掛けるように、お経を唱える。家族の健康、繁栄、結婚、子孫繁栄。

時間にすると二、三十分くらいか。とても長く感じた。

「これですべてお祓いは終了じゃ」

その言葉を待っていたかのように、チャイムが流れた。十二時を知らせるチャイムだった。タイミングがいい。というか、「終了」と言い終わって鳴ったのが不思議だった。

お稲荷様に備えた赤い蝋燭が壱心の読経に反応して大きく揺れた。

お祓いが終わり、私たちは家の中でお昼を御馳走になっていた。

「この家も面白い。わしが住んだら楽しいじゃろな」

壱心が何を言っているのかさっぱりわからない。すると家主が不思議な話を始めた。

「先日、そこに亡くなった母が座っていてさぁ、ビックリしたよぉ。目が三秒合った。肉親の幽霊でも怖かったですよ」

今年一月に亡くなった家主の母親がこの家に現れるという。

「今夜も来るよ」

「私もそう思います。でも、私がこの世にいるのは先祖があるからであって、感謝、感謝です。墓参りが好きで、毎日行っているんですよ。だから今日は安心しました。お稲荷様も、母も喜んでいるでしょう」

そんな話をしている時だった。壱心が顔を上げ呟いた。

「足音、したな」

「うん。いま来ていた」

全員が頷くが、わたしには聞こえなかった。

「コンコンってしたよね」

「あぁ、聞こえた」

足音は日常茶飯事だそうで、家族の驚きは薄かった。壱心がいうには家の中に霊道があるらしい。墓場が近くにあるので不思議ではないと思うが、想像すると背中が寒くなった。自分の家に霊道があるなんて、あまり公にできない話だ。壱心が「住んだら楽しい」という意味がわかったところで、話の中心はミイに移った。婚約が破談になった話だ。

壱心が紹介した男性は、家柄、職業、外見など悪くなかったが、肝心の中身が良くなかった。二人で食事に行っても必ず割り勘で、婚約者のお披露目の席でさえも、彼は一切お金を出さない。支払いをしたのは壱心だ。遂には、彼が停めた駐車場代も壱心が出した。支払いのお釣りがあったが、返さず、彼は自分のポケットに入れた。

お披露目の日、彼の行動も変わっていた。遅刻、挨拶、食べ方など、取り上げればキリがない。一部始終の行動を見ていたミイと壱心は呆れた。

「ほんとうにありえない。おかしいでしょ」

「あれは、早くわかって良かったんじゃ。結婚したら金の問題でおかしくなる」

相手の親は結納金まで用意していたが、ギリギリのところでミイからお断りをした。

「大丈夫。一年、二年、それまでに絶対嫁に行けるからな」

ミイのお見合いはこれからも続いていく。わたしの体を気遣い、何度も声を掛けてくれ、手を差し伸べてくれた。一緒にいて安心できる女性であることは間違いない。二回しか会ってないけど、こう思える人は、そうそういない。

「早く、片付いて欲しいんですけど。こればっかりはどうしようもないですね」

娘の幸せを願う母の目には、薄らと光るものがあった。

お稲荷様は子孫繁栄、豊作を祈り、人々の生活を見守ってくれている。

鳥居前に立つ白無垢姿が浮かんだ。ミイから吉報が舞い込むのは、近そうだ。母の涙が、嬉し涙に変わる日を願い、一路レトロ屋敷に向けてハンドルを握った。

【第五話】月讀命──ツクヨミ

古事記によると、ツクヨミは闇の世界を照らす月の神として、イザナキの右目から生まれたとされている。左目から太陽の神アマテラスが、そして鼻から海の神スサノオが生まれた。アマテラスやスサノオが有名すぎる反面、夜の世界を任命されたツクヨミは地味だ。活躍や騒動などは古事記では触れられていない。暗闇の世界を照らす月のように、さぞや物静かで勤勉タイプだった、と想像する。
どうしてツクヨミが登場するのか。それは、神を信じないわたしが、本当に神様がいると、身をもって体験したからだ。

お稲荷様のお祓い話に興味を持った知人の月海《つぐみ》が、スマホで映した自宅のお稲荷様を見せてくれた。とても立派であったが、そこには放置され、朽ちていく様が窺えた。

「こんな立派なお稲荷様、ちゃんとしなきゃ可哀想だよ。ご両親は何もしていないの？」

「ウチは共働きで忙しくって、どうにかしようと考えないサイテーな親、なんです」

「だったら、月海がすればいい。毎日、お参りしたらどうかな」

「……ですよね。わかってはいるんですが」

親に対して「サイテー」という言葉が耳に残った。親の悪口を発言するとは何かある。言葉の裏に月海の闇が隠れているように感じられた。


「明日、何してる？　暇だったら、行くか？」

電話が入った。お稲荷様のお祓いを月海から受けたという。

壱心が月海と一週間前に会った時、別れ際、背後にものすごく大きな白い狐が怒って見えた。もののけ姫に出てくるような白い神に似ていた。これは立派なものがいる、と気になっていた矢先の電話であったという。もののけ、白い狐。神話の物体との遭遇。期待が膨らみ、付き添いを喜んで即答した。

「今日はお供え物、少ないね」

壱心が用意したものは、果物と穀物が入ったビニール袋一つ。それと、白い長靴だった。

「今回のはな、格が違うんじゃ」

格とは、お稲荷様のこと。神にも位があるようだ。

「なんで長靴？」

「まぁ、これが必要なところだってことさ」

目的地は、太平洋を一望できる海の近く。予定通り、十一時に門扉の前に車は到着した。

「ウチは無駄に広いんです」

敷地の広さに驚いた。とにかく広い。聞けば二千五百坪だとか。東京ドームの約六分の一の広さだ。土地の真ん中に建つ、大きな瓦屋根の屋敷前で親戚が出迎えてくれた。が、肝心な家主は自宅から出てこない。

『サイテーな親、なんです』

月海の言葉が過《よぎ》った。

お祓いに関して親は反対をしなかったが、月海が一人で対応する条件を提示された。まるで親子の間には深い川が流れているように感じられる。手と手を伸ばせば届く近さではあるが、今は子から手を伸ばす行為はしない。いや、過去に何度も伸ばしていたが、反対側から手を伸ばしてくれなかった、ではなかろうか。

壱心が車から長靴を取り出し、お祓い場所に向かった。

お稲荷様が鎮座する場所は自宅裏。草木が行く手を遮り、車イスで通るには困難を要した。それでも通れるようにと、月海は通路を綺麗にして、親戚に介助を頼んでくれた。

竹藪、薄暗い場所。スマホで見た現物が目に飛び込む。鳥居はなく、雨風に濡れないよう、二メートル以上もある屋根付きの立派な囲いの中に社《やしろ》はあった。

お祓いが始まった。今回は月海だけだったので、前回よりお祈りの時間は短い。社の前に立つ月海の背中に翳した壱心の手。冬の太陽は月海を煌々と照らした。

お祓いの様子を遠くから窺っていた家主が、壱心に近づいた。二人で何かを話している。内容は聞き取れなかったが、この会話だけは耳に入った。

「もう一つ社があるんです。イボの神様と言われているのですが……」

イボの神様は門扉から右側角地に祀られていた。お稲荷様より小さい社の側には、樹齢四、五百年の大きなシイの木が植わっている。古代樹は家を守る神木《しんぼく》だ。地元では有名で、時々、お参りをしている人を見かけるそうだ。シイの木は幹の部分にコブのような突起があるところから、身代わりとなってイボを貰ってくれるとされている。

社の中には木のお札が入っていた。

「これは、月讀命《つくよみ》じゃ。札が裏側になっておった。水をくれないか」

札の汚れを手のひらで落とし、札を戻す。コップに水を入れ、扉を閉めた。

大きなシイの木が月讀命を雨風から守るように生える姿は、となりのトトロの一場面に出てくるような世界観がある。シイの木をデジカメで撮った後、『顔のイボ、取れますように』と手を合わせた。

すべてのお祓いが終わり、「悪い物はない」と言われた月海は、安堵の表情を浮かべていた。お稲荷様は二体、白と少し茶色、夫婦のご神体が存在している。やはり白い狐はいた。壱心が月海の背後で見たものと同じだと教えてくれた。

ちょうど、十二時を知らせるチャイムが聞こえた。神社のお参りは午前中に。前回の時もお祓いが終わって鳴ったタイミングが同じ。二回も起きれば偶然ではない。お稲荷様が時間を調整したようにしか思えなかった。

それにしても不思議だ。月海の家を離れるころ、顔のイボは半分ほど引っ込んでいた。本当にイボの神様はいる。そう確信したのは、翌日、お祓いの様子などを写した画像を確認していた時だ。シイの木の写真。葉の一部が白くぼやけている。いくつもある。これは太陽の光線ではなく光の球体だ。球体の中には、金色に輝く小刀の形も写っているではないか。（カバー帯裏）

月讀命は別名、二十三夜《にじゅうさんや》さま、三夜さまと呼ばれ、月が半分になる姿を示した。沖縄では『二十三夜さま』と題した民話も残っている。

月が半分になる夜、客人を集め飲食をしながら、月を拝む習わしがあった。みすぼらしい姿の老人が宴に入りたいと申し出たが、客人は嫌な顔をする。唯一、受け入れたのは宴を催した主人だけ。後に老人は二十三夜の神様で、心の善意な主人に福徳を授けた、という内容だ。物語の後半には、悪人を切る刀が登場。果たして金色に輝く写真の小刀は、民話に出てくるものか。

壱心に訊ねれば、「小刀は心の闇を断ち切る剣、波動が合う人に撮れる」と教えてくれた。

お祓いの四日後、月海から不思議な話を聞いた。

月讀命の社に水を取り替えに行くと、扉の前に貧乏草、中にはシイの実が一握り置かれていた。「通りがかりの小学生が置いた」と月海は笑ったが、貧乏草は四月から六月に咲く花。お祓いに行ったのは十二月。咲くはずもない季節外れの花は誰が置いたのか。

『月讀命の札を表にしてくれたおかげで、やっと月待ちができました』

見えない客人達が、深夜、社の前に集まり月を拝む。久しぶりに月が眺められたお礼にと、シイの実と貧乏草を置いたとしたら。民話の世界で妄想に走った時、カレンダーを見て心が躍った。社に置かれた日、まさしく、月が半分になる夜だった。

お祓い後、金色の刀が写った写真や貧乏草の不思議話から、以前より両親との会話が増えたと話してくれた。「お稲荷様は人間を動かす」と壱心はいう。だとしたら、親子の間に流れる深い川が狭まればいい。

【第六話】南瓜《かぼちゃ》ふたつ

長い電話が終わった。

「すみません。なんか愚痴を聞いてもらったようで」

胸の詰まりを吐き出した女性の声は、一時間半前に聞いた声よりも太く張りがあった。

わたしは愚痴として聞いてなかった。不幸話を電話取材しただけだった。これが取材ではなく、友人として一方的に愚痴を聞くとしたら、堪えがたい時間となる。

江戸時代、声を色で表現する流行りがあった。五色に分けられた中で、ただごとではない声を「黄色い声」と表現されていた。早口で喋る声と内容から、この女性を希彩《きいろ》と名付けた。

希彩の話は息子が通う学校の虐めから始まった。電話を貰った日は中学校の卒業式。最悪な謝恩会の様子を書き留めるだけで精一杯だった。湧き出る心の汚濁をノートに書いたページは十枚。教師、同級生、保護者。それぞれの立場で語る言葉は、生々しく毒素がたっぷり注入されていた。虐めの対象になった気弱な息子。短気ですぐカーッとなる性格の希彩。この親子は水と油だと思った。

息子は中高一貫の音楽学校に通っていた。少人数のクラスは、常に教師の目が行き届き、物凄く厳しいチェックに縛られていた。教師は帰国子女、六大学卒で、エリートが好きだと口にする。生徒は音楽家を目指す、レベルの高い子ばかりだ。サラリーマン家庭の息子と違い、裕福な家庭の子が多い。教育に熱心な親やワンマン教師の陰で、子どもたちのストレスは、弱い者に向かっていた。

卒業式の謝恩会の余興が決まり、学級委員長の希彩の息子が責任者に任命された。教師抜きの話し合いは、日頃の鬱憤が息子に向かって吐かれ、収拾がつけられない。

「やりたくねーよ」

「先生には感謝してねーよ」

「しゃしゃり出やがって」

「先生を恨んでねーのかよ」

「勝手にやりやがって」

　学級委員長はクラスを纏め、皆からの信頼を持つ存在ではないのか。エスカレートする虐めに耐えられなくなり、息子は泣きながら担任に訴えた。訴えは生徒の怒りに火を点けた。虐めは家までも追いかけてくる。ライン、ツィッターからも攻撃された。

　希彩は行動に出た。虐めた子の自宅に電話をすると、相手の父親が電話口に出た。

「子どもの素直な感想、それを親が止められますか？」

　虐めた子の親に話しても解決しなかった。納得しない。学校にも事情を話した。

「息子が虐められて傷ついている。先生はそれに気づいていますか？」

「心の問題ですか？　傷ついていると言ってもらわないと、私はわからない。それに虐めた子を怒るなんて、どこか感情的になっていませんか」

完全にバカにされている。担任教師の卑劣な発言に憤慨した。今度は学年主任の教師に話した。主任教師は、事実確認のため、虐めた子と父親、息子と希彩の四人で話し合いの場を設けてくれた。話を切り出したのは虐めた子の父親だった。

「ウチの子が虐めた証拠は？　証拠はないんでしょ」

余りにも酷いメールに耐えられず、息子は虐めの証拠を消去した。頑張ってクラスを纏めたが、皆がやってくれない経緯を訴えた。

だが、虐めた子は自分の非を認めない。それに対して虐めた子の父親が放った。

「謝恩会をウチの子がやりたくないって、他の子の意見に乗っかったってこと？　乗っかったほうが悪いんだね」

息子の教育に干渉しない希彩の夫。異常な対応の学校。保護者の言い訳。一人で息子を守れない。誰もわかってくれない。精神的におかしくなって、追いつめられていった。

「子ども、殺すなよ」

壱心は希彩の性格を見透かし、感情的になる言動に歯止めを掛けた。

「ややこしくなるから、子どものことに口出すな」

希彩の心を抑える電話を何度も掛け続けた。

謝恩会の余興は上手く行かなかった。音楽に合わせて踊る生徒はだらけて纏まりがない。渋々やっている生徒もいた。母親として観ていられなかった。内情を知らない保護者からも、「何かあったの？」といわれたほどだ。責任者である息子は、最後まで余興を行ったが、終了後、先生の隣で悔し涙を流した。

謝恩会が終わり、会場から出る担任教師を希彩が呼び止めた。

「こんなに悩んでいる子がいるのに、あなたは遊びに行くんですか？」

「いや、学校に帰ります。お前はよくやったよなー」

男性教師の言葉は心からではない。それが伝わったのか、息子は泣きながら訴えた。

「僕、この学校に行きたくない」

何かあるたびに、泣いて助けを求める息子の話は、過去に取材した女性を思い出した。困った時、いつも母が助けてくれた女性は、取材中ずっと泣いていた。幼少期から備わった泣く手段は、大人になっても変わらない。女性の後ろには、大人になった今も、生霊となって母が憑いている。

希彩も幼い頃から息子を助けていたと予想した。泣いて助けを求められれば、母親は心配でならない。どうにかしてやりたい思いが発生する。虐めた生徒を叱った言動は、息子を救うどころか、更にかき回して、息子と希彩に跳ね返った。

コントロールできなくなった感情は非常に危なく、時に殺人も犯す。電話で何度も忠告していたのは、何か問題を起こす危険な母親が視えたからだ。

希彩の声には、虐めた親、教師の話に対しての憎しみは感じられたが、壱心に「子どもを殺すな」といわれた話をする声には、落ち度もなく、反省の色もなかった。電話口で説明する声は、他人事のように感じた。自分が正しいが他人は悪い。こんなに頑張っているのに、わかってくれない。話を聞きながら、子ども愛ではなく、自己愛を感じた。

「キレるなよ、キレるなよ」

壱心は何度も電話を入れた。

揉めたのは、謝恩会だけではなかった。今度は、成績面談で教頭から「いつでも辞めさせられる」と厳しい発言を受けた希彩は、壱心の忠告も聞かずにキレてしまう。

泣きながら息子は家出した。警察に捜索願が出され、学校も大騒ぎになる。家出から三日目、壱心は息子が自宅の玄関で立っている姿が視え、希彩に電話をした。

地味でおとなしい子が、性格と真逆な学校に入学。学級委員長、謝恩会の責任者も行った息子は、母に褒めて欲しい、愛されたい思いで、必死に頑張っていたと思う。

希彩の話からは、息子と正面から向き合い、家族で話し合った様子は最後まで窺えなかった。息子の話も聞きたい。壱心から教えてもらった番号に電話を掛けた。留守電も入れたが、残念ながら、折り返しの電話はなかった。

感情的な母と気弱な息子。水と油だと思ったが、親子は波動が同じだと壱心はいう。

親は子の鏡。子どもは親の言動を学び、吸収して真似をする。

他人を恨んでばかりいると、子どもは人を恨む。

他人に文句ばかり言えば、子どもは人をけなすようになる。

トゲトゲした家庭であれば、子どもは精神が不安定になる。

「あれはな、息子と後ろ姿がそっくりでな、憎しみ、悪い所もそっくりなんじゃ」

そっくりの言葉から瓜ふたつが浮かんだ。この親子の場合、感情の起伏が激しいところから、スッとしている瓜より、ボコボコしている南瓜が似合う。

【第七話】できる霊の復習

生霊は求める相手に危害を及ぼすと聞くが、死霊は人間を不幸にできるか。前著で紹介した浮遊霊の『できる霊』はスマホを動かし、相手に精神的苦痛を負わせるほど恐怖に陥《おとしい》れた。電子機器を動かすだけではなく、怪我をも追わせた霊が不幸にすると宣言した儀式は、まだ終わってはいなかった。復讐は続いていた。それでは続きを紹介する前置きとして、『できる霊』を紹介する。

全国でも有名な心霊スポット『活魚《かつぎょ》』（千葉県東金市）に、夏の思い出として、肝試しツアーを実行した高校生。Mはバイクに跨り、数人の男友人と出掛けた。Mは廃墟に入らず外にいた。暗闇の中、一人でいる怖さは逃れられない。待っている間の恐怖心をスマホで紛らした時、知らない女友だちからラインが入った。

――あなたがすき

突然の告白、悪い気はしない。ラインの相手は更にエスカレートする。

――あいしている　つきあって　つきあって

Mはラインを切るため、執拗《しつよう》に迫る女性に、彼女がいるから付き合えない、と返信した。ラインの返事はなかった。

廃墟から小走りで戻って来た友人が、怖さのあまりMをバイクの二ケツに誘う。Mがバイクの後ろに跨った時、ポケットのスマホが鳴った。さっきの女性が、帰らないで、とラインを送ってきた。無視すると、また、帰らないで、とラインが入る。誰かがイタズラしていると思ったMは、次のラインで背筋に冷たいものを感じ、恐怖のあまり体が固まった。

――いま　あなたのうしろにのっている

廃墟から離れた公園で、Mは不可思議なやり取りをすべて友人に話した。事実を信じない友人達は小馬鹿にした。すると、ラインが反応した。

――わらってんじゃねえよ

ラインの相手が怒った。次は草むらからゴミ箱が勢いよく飛んできた。縮みあがったメンバーは、慌てて公園から逃げ出すが、Mに入るラインは途切れなかった。もう連絡しないから、と送信すると脅迫文たるものが入った。

――れんらくしないなら　あなたのまわりのひとをひとりふこうにします

ラインの相手は廃墟に浮遊する霊だった。Mはノイローゼになり、肝試しに行った友人も後日、腕や指を骨折した。宣言した不幸の実行は『ひとり』ではなく二人だったが、怪我をして不幸になったのは事実だ。それにしても怪しい。疑問が湧いて壱心に訊ねた。


「幽霊ってラインもできるの？」

「あぁ、幽霊はなんでもできるさ」

ここまでが取材当時の出来事だった。


二〇一五年八月。

本が発売されて二か月後、お盆過ぎ、壱心、友人三人と食事に行った時だった。

「ラブホに行った子がな、昨日、事故に遭ったたって」

私たちの間では心霊スポットを『ラブホ』と呼んでいた。理由は、生簀料理店『活魚』の前はラブホテルだったからだ。

壱心に事故を教えてくれた電話の主は、前回、取材を受けてくれたMの友人Kだった。

レトロ屋敷に帰る車中で壱心がKに電話を入れた。状態など詳細を聞くためだ。

「あー、容体はどうじゃ。死んだか」

いきなり、壱心から言われたKは驚くだろう。運転に集中しながらも、苦笑いをした。

壱心は時々、困惑する言葉を発す。口をついて出る言魂は、不思議と現実化する魔力を備えている。

「そうか、生きているか……」

残念そうな声が助手席から聞こえる。まるで、予言が外れた、と言わんばかりだ。

電話を切ると同時に、状況を聞いた。

「事故ったって、本当なの？」

「電話で話していた通りじゃ」

「どんな状態？　どこを怪我したの？　骨折？」

疑問が泉のように湧く。知りたい。本当にこれはあのラインの幽霊の仕業か。

「ラブホの浮遊霊がやったの？」

立て続けに質問攻めにしたが、「ラインの『不幸にしますって』本当だったなぁ」で終わった。

死霊は生きている人を不幸にできるのか。殺せるのか。何だか腑に落ちない。事故に関してKは詳細を知らず、私たちは、年を越してから真実を知る。


二〇一六年六月。

「ラブホのあれな、まだ入院してるって」

肝試しツアーに参加した一人が、事故に遭った話は続いていた。

「あの時、大した怪我じゃないようなこと言ってなかったっけ？」

「それが大変じゃった。胸を強く打って、肺が壊れた」

胸を強く打ったという言葉を聞き、思い出した。

壱心が事故話をしてくれた昨年、食事をしていた霊感の強い友人が、『胸が凄く痛くなった。きっと胸を怪我している』と発言していた。壱心も認める強霊感者は、後の話で紹介するので、ここは続きに専念する。

「それって、大丈夫、じゃないよね」

「あぁ、いまも生死を彷徨っとる」

壱心の言葉の一つ一つは重い。短い単語が心の中で大きく揺れた。

「事故から一年も経つのに入院しているって、それって」

瀕死の重体で運ばれた。Kと話したあの時、「死んだか」と発した真相の先に、壱心は命が尽きる状態が視えていたのだ。それは、現時点も危険な状態に変わりはない。

霊から仕返しをされた証明ができれば掲載したかったが、わからなかった。事故に遭った人は浮遊霊に危害を加えてはいないし、恨みを買っている訳でもない。二〇〇四年に廃墟で殺害された女性の霊だとしても、事故に遭った男性と関わりがない限り、死に追いやる理由もない。

だとしたら偶然か。それにしても気味が悪い。ラインの最後の言葉。

――れんらくしないなら　あなたのまわりのひとをひとりふこうにします

連絡していたら不幸にならなかったか。名前ナシ、表示が黒く塗りつぶされたラインの女の復讐だとしたら、壱心が教えてくれた「幽霊はなんでもできる」の言葉が当てはまってしまう。このように、興味本位や肝試しで心霊スポットに近づく行為は、非常に危険である。

【第八話】不思議な国の幽霊ちゃん

「胸が痛い。事故の話聞いたら、胸が痛くなった」

第七話で紹介した事故に遭った人の話をしている時、霊感の強い知人が自分の胸を押さえた。背中を丸め、心臓部分を右手で押さえている。

「きっとその人、胸を強く打っている」

「えっ、胸？」

胸だとしたら心臓だ。心臓を強く打っていたら死は免れない。

後日、壱心からの連絡によって心臓ではなく肺だと知る。知人の仕草を思い返せば、左側を押さえていたので、左肺が破裂したのかもしれない。

霊感の強い知人の存在を知ったのは二年前、壱心の鑑定を受けた別の友人が、親しい人、として持参した写真が始まりだった。友人と写真の知人の関係は、幼馴染の仲。壱心はその写真の中の人を『幽霊』と名付けた。地に足が着いてなく、ふわふわした生き方をしているという。

命名された幽霊ちゃん、壱心が会いたいと洩らした。

「この人はな、神社にお参りに行くといい。それも午前中にな。悪いけど障害を持つよ。一度連れてきなさい」

当てられた写真の持ち主は動揺していた。一言も発していない、視力に問題がある事実。わたしは「障害を持つ」発言に引っかかった。これほど壱心が会いたいというには何かある。

「うーん。外出どうかなぁ。でも話してみます」

気の乗らない返事だ。外出を好まない本人に話しても、結果は見えると感じた。

一週間後、写真の中の幽霊ちゃんは一人でレトロ屋敷を訪れる。紹介した友人も進んで行動する姿に驚いた。なぜ行動を起こしたか、理由を知りたくなった。

「これは絶対に会わないといけないと思ったんだよね。私の運命が変わる人だと思ったの」

運命の人とは大げさだが、幽霊ちゃんの話を続けて聞いた。

「昔から霊感があって、幽霊視えたりして嫌だったの。それで私の尊敬する神主さんのところによく遊びに行っていたのね。神主さんはぁ、私に勉強するよういろんな話をしてくれた。でもね、私はでんぐり返りしたりとかぁ、逆立ちして、遊んでたのね。で、疲れて寝ちゃったりして、本当にふざけていて、ぜーんぜん聞かなかったの。今思うと、スッごくいい話していたのにね」

聞いていた瞳は静止していた。瞬きをするのも忘れていた。この不思議な感覚は何だ。神主さんの前で、いい大人がでんぐり返しなどするのか。それにしても、人ごとのように話す軽くてふわふわする会話は何だ。たとえアラフォーの幽霊ちゃんが重い話をしても、五分の一の軽さになる。不思議な国からやってきた異人との遭遇に少々戸惑った。

真面目話でも、おちゃらけたり、壱心が紹介した見合いの相手でもお構いなしに、酒の席で説教を始めた伝説がある。見合い相手は、何人もの女性からお断りされていた。そんな時、幽霊ちゃんの写真を見て、お見合いしたいと申し込んできた。

気の乗らない幽霊ちゃんを宥《なだ》め、一席設けたが、相手はとんでもない襲撃を食らう。

「あいつさぁ、だから女にモテないんだよ。北海道のお土産、ジャガイモだよ。珍しい品種だからって持ってくる？　今どきないよ。誰もこんな重たいの欲しくないよ。スーパーにいっくらでも売ってるでしょ。北海道だったら、もっといい物たくさんあるでしょ。だから言ってやったの。『今日はあんたのおごりで、とことん飲もう、あたしが付き合うからさ』って」

見合いの席でダメだしを食らった相手は、違う所に向かって返事をした。

「あれじゃだめ。あいつ壁に向かってボソボソと喋るの。女性の顔見て喋れないいんだよ。それじゃ結婚なんかできないよ」

見合い相手のあいつを紹介した壱心は、笑うしかなかった。

「神主さん、昔、私が四十歳くらいの時、スッごく辛い事が起きるって言ってたの。それは神主さんの死だった。死ぬなんて全然考えてなかったから、これからどうしていいかわかんなくなっちゃったの。『それから二年後、運命が大きく変わるよ』って言われてたけど、まさか、まさか。友達から神社のお参り話を聞いてホント、ビックリした。これは絶対会わなきゃって。神主さんが予言していた運命を大きく変える人に会わなきゃって」

外出が好きではない幽霊ちゃんが、壱心との出会いを数年前から待っていた。友人が写真を壱心に見せなければ、わたしも不思議な国の異人とも知り合えなかった。

出会いというのは神秘的だ。筋書のある透明なシナリオを持ち、この世に生まれたようにも思える。別々の土地で点と点で生きている人が、誰かの行動によって繋がり、線になる。別世界で生きている人と、一生巡り会わないと思っていても、出会う時がくれば出会う。その中には、自分の人生を大きく変える鍵を持った人もいたりする。

神主や壱心は普通と違う人間だと見抜いた。神主は人を助ける仕事として勉強をさせたかったようだが、生前、失敗に終わった。神主の死後、頼っていた人がいなくなって初めて反省した。そこに壱心が現れた。

般若心経、お祓いのやり方など、仏法を教えてもらいにレトロ屋敷に通った。目的は将来、占いで生計を立てていくためだ。いろいろな人を視る目を養うため、飲み屋のバイトも始めた。親に頼った日々から脱出し、自立し始めた。

この幽霊ちゃん、壱心と出会ってから、霊感の強さゆえに数々の奇妙な体験をしている。

迷子の運び屋

レトロ屋敷を訪れた夫婦は、ネットで知り合った男性と関係を持ち、希望しない妊娠をした娘の相談に訪れていた。会社経営している息子だという男の嘘を見抜いた壱心は、結婚しても不幸を辿る娘に、家族で考えるよう促した。結果、中絶するに至ったが、やむをえない行為に、初めて味わう罪悪感で娘の体と心は蝕まれていた。

中絶手術をした当日、娘はレトロ屋敷を訪れた。壱心は電話で幽霊ちゃんを呼び出す。風邪気味で体調も良くない状態もあり、一度断った。それでも屋敷に向かったのは、いろいろな人を視る目を養え、の言葉に動かされた理由があった。

「娘の背中を触って、話をよく聞いてあげなさい」

心も体もボロボロの娘は、泣く事だけしかできない。幽霊ちゃんは娘の肩に手を置き、話を聞いた。落ち着いた娘は、彼氏の話、中絶した命の話をしてくれた。

「これからもあなたは、おろしたことは忘れちゃいけない。今日を思い出し、手を合わせることが必要だよ」

最後に幽霊ちゃんは優しく娘に伝えた。その後、壱心は水子のお祓いの呪文を行う。これが良くなかったのか、幽霊ちゃんの体は怠くなり、背中に三、四人乗っているような重圧感と頭痛で具合が悪くなる。水子の霊を貰ってしまったと感じて、壱心にお祓いを頼んだ。

「おろした子はな、すごく良い子だったんじゃ。だから幽霊に連れて帰ってもらうために祓わなかった」

軽く叩いた見せかけのお祓い。数日後、壱心の電話によって真実を知る。

「幽霊のな、妹に子どもが生まれたんじゃ。中絶した娘に会った翌日だって」

「へぇ、妹さん妊娠していたんだね。知らなかったな。それがどうしたの？」

「中絶した水子が入っとる」

「え？　言っている意味がわかんないんだけど」

「今度、幽霊に聞いてごらん」

中絶した娘と別れた幽霊ちゃんは、自宅に遊びに来ていた妹と話をしていた。すると「お腹が痛い」というではないか。予定日はまだ先。妹は大事を取り自分の家に帰った。翌日もお腹が痛くて我慢できない。病院に行った妹は「産まれます」と医師から言われ、そのまま分娩室に入り、十五分で産み落とした。

幽霊ちゃんが抱きしめる小さな命は1歳半の男の子。怪獣みたいに元気が良くていい子だそうだ。

「スゴい不思議なの。子ども嫌いな妹だったのに、赤ちゃんがカワイイっていうの。ホントに良い子でね。子どもが産まれてからいい事ばかりで」

中絶した娘の水子を幽霊ちゃんに運ばせ、妹のお腹の子に入らせた。運び屋にされた幽霊ちゃん、調子が戻るまで一週間掛かった。

この世に誕生する体に宿ろうとしていた魂は、迷子になる寸前で壱心に助けられた。中絶する前、娘家族が帰ってから壱心は具合が悪くなった。夜中ギャーギャー子どもの鳴き声も聞こえる。水子の怖さを知っているから、どうするか考えた。できれば早いほうがいい。偶然にも幽霊ちゃんの妹が臨月だと知り、水子を運んでもらうよう仕向けた。

見えない世界で起きた珍奇な話。水子がどんなに良い子だったか、真相を知る由もないが、生まれた子がどんな風に育つか興味はある。妹の子どもの話を聞くたび、わたしは、迷子の水子を運んだ一件を思い出す。

化身の正体

病気や離婚など、様々な出来事で心身ともに弱った隙間を狙って、入ってくるものがある。巧みな言葉を持った優しい人達。それが親身になってくれる身内であったら、心のドアを全開にする。幽霊ちゃんが体験したもう一つの変わった話は、動物でもなく、人間でもない、たくさん手がついた化身、魔物の話だ。

「明日は行っちゃいけないよ」

親戚の家に遊びに行く前日、壱心から注意された。言っている意味が理解できない。前からの約束を断れない幽霊ちゃんは、後で後悔する羽目になる。

親戚の家に入ると音楽が流れていた。親戚の母と娘は一緒に口ずさんでいる。歌は穏やかで、綺麗な澄んだ女性の声だった。すぐにおかしい、と感じた。音楽から洗脳する宗教だ。親戚は穏やかで、決して人の悪口を言わない、正論をいう人間だった。できた家族だと思ったが、これは音楽によってマインドコントロールされていると気づく。

壱心から言われた忠告を思い出し、後悔した。親戚の目的は勧誘だった。短時間で切り上げ帰宅したが、頭に入った曲が消えない。自らお祓いをしたが、七割しか取れない。心配した妹の「壱心さんにお祓いしてもらったら」の言葉で我に戻った。お祓いしてもらう考えが頭になかったのだ。

それにしても変だ。何かあるごとに壱心に連絡するはずが、今回に限って動かないとは。電話を入れるが何故だか繫がらない。見かねた妹が代わり、電話を入れた。レトロ屋敷に来た幽霊ちゃんの背後には、黒い物体が憑いていた。それは動物でもなく、人でもない化身、たくさん手のついた魔物だった。壱心は魔物を神として扱った。お祓い中、幽霊ちゃんの目から大量の涙が止めどもなく零れ落ちた。決して悲しいのではない。神として崇めた魔物の正体が嬉しくて泣いたのだ。

弱者を救う神として作り上げられた化身は、いつしか、悪の心によって魔物に変化した。穏やかで正論をいう親戚は、幽霊ちゃんが遊びに行ってから、性格がガラッと変わった。それが本来の正体なのだろう。

化身は壱心と幽霊ちゃんを接触させないよう、スマホを操作した。電話を掛けられなかった行為や、壱心から連絡を入れた履歴を消されたのもすべて、見えないたくさんの手によって仕掛けられた。

水子と化身、両者とも最後は壱心の手によって浄化された。不運にも運び屋にされた幽霊ちゃんは、ようやく地に足が着いた人生を歩き始めている。一方でわたしの執筆に助言をしてくれる。

「この本、実話っていうけどさぁ、そのまんま書くんだったら誰でも書けるじゃん。話に装飾をつけて面白おかしく書かなきゃ、誰も読まないよ」

貴重なご意見、どうもありがとうございます。でもあれだけは書きません。

「だからー、ほら、あれも本に書いてよー」

近隣の駅まで送った時に車内で粘られた、あれの話、今回は保留と致しました。

経験をしたような自信満々な態度や、嘘を言っても当たると発するあなたの頭の中を一度、割って拝見したい。きっと、不思議な国の化身が、満面な笑みで手を振っているかも。

【第九話】 優しい悪魔たち

有子《ゆうこ》の脇を歩く薄い影、水鉄砲を持った女の子を視たのはレトロ屋敷の廊下だった。丸い水に包まれた子は縁がないと壱心は読んだ。

彼氏もいない本人から、結婚できるか訊ねられた壱心は、廊下で視えた現象を教えた。

「あんたは結婚できる。じゃがなぁ、生まれた女の子は水中で亡くなるよ」

結婚相手もいないのに、子どもが死ぬなんて誰が想像するか。突飛もない話を有子は信じてはいなかった。

鑑定後、牧場で働いている男性と知り合い結婚。子どもにも恵まれた。女の子だった。幸せな結婚生活を送る有子は、子育ての忙しさもあって、鑑定された予言を忘れていた。

旦那は牧場も兼ねた屠殺場《とさつじょう》で働いていた。人間が生きるために生き物を殺す。命を貰って命を延ばす。スーパーで並ぶ牛や豚がどのように殺されているか、執筆するまで知り得なかった。食事前に両手を合わせる仕草は、命をくれた生き物の死合わせと、食べることで幸せになる意味があると思った。


三歳になった有子の子どもは可愛い盛りだった。台所まで明るくはしゃぐ声が聞こえる。旦那と遊んでいるものだと思っていたが、子どもに訊ねると違った。

「楽しそうだね。パパと遊んでいたの？」

すると天井を指し、笑いながら不可解な言葉を発した。

「あのね、牛さんと豚さんだよ」

「ぬいぐるみの牛さん？」

「んー。あ、来たぁ。遊びに来たよぉ」

部屋の空間を指す先は、白い天井しかなかった。目を凝らしても牛や豚の姿は見えない。子どもだけが視える幻覚か。それとも熱発か。額に触れた手から感じる異常はない。空間に向かって指す小さな手を握りしめた。それでも笑う子が気持ち悪かった。見えないものから守るように、有子は愛おしい子の体を強く抱きしめた。

夏の暑い日だった。三日前、牛と豚と遊んだ女の子は一人で遊んでいた。きっと水遊びをしたかったのだろう。有子が気づいた時には、子どもの膝下までしか水が入っていない風呂場の浴槽で溺死していた。

『生まれた女の子は水中で亡くなるよ』

レトロ屋敷に鑑定に行った日、自分の子が水難で亡くなる話を思い出した。まさか、これがそうなのか。浴槽に入っていた水は浅く、この状態で溺れるとは考えられなかった。

愛する我が子を亡くし、悲しみで打ちひしがれた有子に、更なる悲劇が起きる。子を亡くした原因を周囲の人間は責めた。不審な死にメディアも飛びつく。終《しま》いには旦那から離婚届を突きつけられた。すべて失った有子は、悲しみを埋めるため、レトロ屋敷に足を運んだ。

「そうか、それは大変じゃったな」

何百人も鑑定をしていた壱心は、三年以上前の鑑定結果など覚えていなかった。有子が言葉にしたキーワード。水鉄砲、水中、女の子で思い出す。

「子どもが見た動物は、旦那が大切に育てた牛や豚じゃろ。死んだ動物は優しかった人の所に憑いてヤキモチを妬く。子どもに愛情が移ったから嫉妬したんじゃな」

屠殺された動物が子どもに嫉妬し、水中に沈めた。本当に嫉妬する動物霊が殺したか。真相は闇の中に葬られている。

【第十話】 怨親身《おんしんみ》の女

「私、アダルトチルドレンなんです」

二年ぶりに再会した知り合いの和子は、うつ病を発症し、骨と皮だけになっていた。精神科でカウンセリングをしたところ、アダルトチルドレンと診断される。

原因は育った環境だ。和子の家庭は温かみに欠けていた。母親の暴言が怖くて、いつも怯えていた。幼少期から受けた言動は、大人になった今でも忘れられないという。

小学校一年生で九十点を取った時、罵倒を浴びせられる。

「こんな点数取ってくるなら、将来はヌード女優か便所掃除しかないんだ」

学校のテストは百点。それ以外は絶対に取ってはいけなかった。

「勉強ができない奴は、どんどん切れっ！」

テストだけではなく、勉強ができない友人との付き合いも強制された。

学級委員長に立候補して、母親の機嫌を取った。当然、同級生からはひんしゅくを買う。友達は一人もいなかった。それでも、母親の機嫌が悪くならないなら、和子は進んで優等生になった。

「和ちゃん、一番になって、お母さんのために頑張ってねっ」

アメとムチ。子どもは親から見捨てられたら、生きていけない。勉強は病的にやった。

成績はオール5。努力で勝ち取った成績だったが、逆を言えば、それ以外は決して許されなかった。

和子は物心ついてから、自分の母親が異常だと感じるようになる。それは、同級生の友人と母親の会話だった。子どもを支配する母ではなく、友達のような関係性がとても新鮮に映った。

大学受験の時は、母親のプレッシャーに潰されそうになった。

初めて母親から『愛されたい』と思って泣いた。

和子の語り口は、まるで小説を読んでいるようだった。

母親、友人の台詞は、それぞれを演じ、張りのある声。自らの過去の出来事は、消えそうな小声で話す。喫茶店での取材中、何度も「え?」と前のめりになって聞いた。

「お芝居とか上手でしょ」

別の話題に変えなければ、背中が痛くて仕方がなかった。

「私は母に愛されていたわけではなく、利用されていただけ」

和子の口からは、母親の怨みが、滝のように強く流れていた。

小さな声を聞き洩らさないように取った前傾姿勢が原因か。それだけではない。何か背中に重たい塊が乗っている感じがする。

「こうして待ち合わせをして人と会うって、十年ぶりなの」

聞けば、わたしの前に会ったのは、大学時代の友人で十年前だという。

「母の機嫌を取っていたから、ちょっとした言葉に過敏になって。友達の何気ない言葉で嫌になっちゃったりして。誰にも会いたくなくなってしまった」

友達と会わないだけではない。その他に、和子が人に対する問題はまだある。

愛し方がわからない。嫌いな人と一緒にいるほうが楽。人とのコミュニケーションができない。雑談ができない。

初めてだった。嫌いな人と一緒にいるほうが楽だなんて、とてもやるせない。

「今の職場の人達はみんないい人だから、余計、嫌われたくない」

職場の人間関係が良い環境は、通常喜ばしい。だが、和子にとって、いい人達といる空間が苦痛でもあった。

ガリガリに痩せた体は、厚手の服を着ていても骨の形がくっきりと現れていた。

四十代半ばにして、前にも進めず、彼女は母親を恨んで生きていた。

「母親と父親の結婚自体が間違っていた」発言に、聞き取りをしていた心が痛んだ。

やりきれない気持ち。救うことはできないけど、どうにかしてやりたい。

「もし、和子さんが良ければ、知り合いの霊能者に会いに行かない？」

占い師は人によって煙たがられる。興味のない人にとって、押し売りのようなものだ。断られるかもしれない。そんな思いがあったが、後で後悔するなら、断られてもいいと思った。

「行きたい」

「じゃ、いつにしようか」

気が変わらないうち、その場で壱心に電話を入れた。

「春分の日、午後三時、すでにあんたの名前が入っとる」

訳のわからない話だった。わたしから連絡が来ると予言していたとは。日時指定された和子は十日後、鑑定を受けた。

実は数年前から壱心は、精神不安定者の鑑定を受付けていなかった。それでも知人ならきっと視てくれる。精神科に通う和子の経緯を話すと、快く応じてくれた。

「今日はようこそいらっしゃった」

壱心は、生年月日、名前だけで、過去、現在を当てた。

和子の性格、母親の性格、女系家族、過去に付き合った人。

「母親は自分の欠点がわからず、人の欠点をすぐ見抜く人だよ。前世にプライドを持った公家のような人、今世は因縁切りで生まれているから、あんたは自分の人生を伸び伸びと生きて行け」

前世、楽をしていたから、今世は苦労する。和子は頷いて笑った。

「いい大人なんだから、いい加減、自分の人生を生きろ。悲劇のヒロインでいるほうが楽、可哀想な私でいるほうが楽だなんて、役を演じるのは辞めなさい」


母親を怨み、和子は子どものまま大人になった。

親を怨んで親が悪いと、勝手に病気の中に進んで行く人。

都合悪くなると、病気の中に入って行く人。

不幸な道に入って行く人。

このような人を怨親身という。昔の仏教の言葉だ。

親は親、子は子。血が繋がっていても、個々の人生。

優等生でなくていい。いい人でなくていい。頑張らなくてもいい。

いい子の仮面を被る苦しさから解放され、母親の呪縛から覚めた和子が帰りの車中で喋る声の大きさは、取材で聞いた小声ではなくなっていた。


ところで、なぜ、壱心は春分の日に指定したか。

偶然にも、鑑定に訪れた日は、和子が過去に付き合った人の誕生日だった。

「いい人だったから、一緒にいるのが苦しかった。こんな自分が幸せになってはいけないと思った」

相手は結婚も考えていたが、自ら別れを切り出す。男性は和子を一人にさせるのをとても心配した。それでも考えは変わらなかった。男性は現在、別の人と結婚をしている。

最近、その男性の夢を見た。どうしてだか、他人のように冷たい態度をされる。夢だったが、目覚めた時、とても悲しくなって気分が落ちた。

壱心が夢の話を聞き、何気なく呟いた。

「その人、子ども、三人いるよ」

冷たい家庭に育った環境は、季節のない冬の世界だった。

母親の支配に耐えた子は、結婚という春を断り、凍える冬に自ら選んで戻った。

幸せになりたい願望は誰しもが持っているが、和子の場合、冬の世界に慣れたあまり、春も夏も秋も居心地が悪かったのかもしれない。

暑さ寒さも彼岸まで。春分の日は冬の終わりを告げている。

壱心の鑑定は、冬の季節が終わりだと伝えた。

鑑定日を指定した理由が、意味あるものだと気づいたのは、『怨親身の女』の執筆が終盤を差し掛かっていた頃だった。

それにしても、和子に向かって、

「親を恨んで怨んで、おめーが一番悪いんだろ。一番悪い」

精神科に通っている人に対していう人は、まず、壱心しかいないだろう。


二か月後、嬉しい近況報告を受けた。

休日は趣味に通い、新しい目標もできた。今は目標達成に向けて勉強をしている。

会社の飲み会にも参加して、初めて職場の人達と一緒に大爆笑した。

素敵な年配者と数々の出会いを通し、生きる大きなメッセージも貰っている。

壱心の鑑定でこれだけ変わるとは驚きだ。

自立して自分の世界で生きよう、運命に争《あらが》おう、としたが、母親の呪縛から逃げられなかった。生きることが苦しかった。自殺はしてはいけない。でも苦しい。生きるのが辛い。

精神科に通い、自分の弱さを受け入れようとしていた日々。

和子は今、怨親身という殻を破り、前に進もうと、必死に生きている。その原動力は、新しい出会いが一番大きいように思えた。

春分の日の護摩焚き。
手を合わせる和子の顔の表情は硬い。

出会いは魂を削る研磨剤。自分にとって、良い出会いも、悪い出会いも、触れ合えば削られ、研ぎ磨かれていくのだ。

第三章　引き寄せられた魂

野坪の蝿　弐

1

灯台に続く道は消えていた。

わたしの中で死の文字が浮かぶ。できるならこんな日に運転はしたくはない。

左手は大荒れの太平洋、前方はバケツをひっくり返した雨が容赦なく襲う。まさに車が走っている時間、この地域は大雨警報・土砂災害警報が発令されていた。今年の秋雨前線は危険だ。ゲリラ豪雨によって傾斜のある道路は冠水していた。

「昼も食べたし、このまま帰るか」

助手席に座った僧侶姿の壱心がぽつりと呟く。ここまで来て引き返せない。いや、どちらにしても帰れない。大雨の中、三時間掛けて来たのだ。ご飯だけ食べて帰るわけにはいかない。前方を走る車に付き、冠水した道を脱出するだけで必死だった。

「水に溺れたら冷たいじゃろな」

壱心の言葉が刺さる。水は車体のすれすれまで上昇していた。車が止まれば、自ら脱出できない。『行かないほうがいい』と遠回しに言っているようだった。

「わしは先に逃げる。あんたを担ぐ力もないしなぁ。後で助けに来たら死んだりしてな」

「ひっどいなぁ」

脱出したい焦りが、アクセルを踏む力に現れた。

「こんな時はな、ゆっくり、ゆっくりと走るんじゃ」

助手席から声を掛け続けてくれた壱心は、冠水運転マニュアルの仏だった。目的地まであと少し。冗談が入り混じった車内の会話。笑っていたが神経は疲弊していた。先方で誘導する友人の車は海沿いの道から、小高い地域に向かっていた。

友人とわたしはある計画を立てた。この計画、実現まで二回流れた記憶がある。そして三回目の今日は大雨。ここまでいくと、何かが動いているようにも感じられる。天候の不安定と乗り気でない壱心の言葉。それでも見えない糸に手繰《たぐ》り寄せられるように、目的地まで慎重にハンドルを握った。

2

　友人と計画を立てたのは半年以上前だった。久しぶりにご飯を食べに行った時に聞いた、驚異的な話から始まっている。

　その女性は、子どもができない体だとずっと思っていた。話をするにつれ、その女性の存在をわたしも知っていることに驚く。女性の思い込みは良いほうに転がった。結婚後、妊娠をした。喜びも束の間、四か月の時に出血する。お腹にいる子が育っていないと告げられ、手術を受ける手続きをした。手術当日、驚いた医師が腰から下に引いたカーテンをガッと開け、興奮して叫んだ。

「い、生きてる！」

　ここまで聞いた段階では不思議でないと思ったが、その後、友人が妙な話をした。

「その子はサキちゃんって言うんだけどさぁ、タマゴがないのに妊娠したの」

「ないのに、できるの？」

タマゴがない妊娠話に鳥肌が立っていた。いったい子どもはどこからきたのか。宇宙人が仕込んだのか。コウノトリが運んだのか。はたまた神の子か。不可思議な話は、レトロ屋敷以外にも存在していると、今でも鮮明に覚えている。

命が助かった子は「何らかの障害を持って生まれる」と医師から説明された。それでも出産を決意する。縁あって来てくれた命。夫と一緒に育てようと覚悟を決めた。

サキちゃんが壱心に会いたいと言った訳ではなかった。友人はサキちゃんの体を心配し、わたしはふたりを会わせたら何かが起きる予感がした。当人達の知らない所で『壱心とサキちゃんを会わせる』計画を勝手に企てた。

このふたりには共通点がある。どちらもよく当たる占い師と地元では有名だった。占いをしているサキちゃんは、他人の人生は視えても自分の人生は視えないという。そんなものか。少し不思議だった。壱心は自分の将来が視えたから故郷を離れ、全国を歩き、不幸な人を幸せにしてきた。

「サキちゃん、おじさんに会ったら嬉しいし、きっとおじさんもサキちゃんに会いたいと思うんだよねぇ」

勘のいい友人の言葉に反応し、すぐさま行動に移した。壱心に事情を話すと、快く了解してくれたが、サキちゃんは体調が悪く、知らない人に会えるような状態ではなかった。

出産は五月。落ち着いたころに連絡しよう。この時の計画は話だけで終わった。

3

お盆を過ぎ、久しぶりに友人とご飯を食べに行った。計画の話も宙ぶらりんだったが、その後が気になっていた。順調であれば子どもは生まれているはずだ。

「ねぇ、サキちゃんってどうなった？」

何気ない質問に目を大きく開け、食べる手を止めて硬直した。

「なんで⁉　うわぁぁぁぁ、鳥肌っ！」

友人は感情豊かだ。明るく話す裏で大変な事態になった、その後を教えてくれた。

「赤ちゃんは障害もなく生まれたんだけど、その一か月後、交通事故に遭ったんだ」

一か月検診を終え、病院から自宅に向かっていた、サキちゃん、ご主人、赤ちゃんを乗せた車は海沿いの道を走っていた。カーブに差し掛かったところで、対向車線の車が突っ込んできた。家族が乗った車は道から落ち横転、ガラスがすべて割れて、車体がボコボコになった。

「それで、大丈夫なの？」

「ふたりはむち打ちで済んだらしいけど、赤ちゃんがさぁ」

赤ちゃんといえば、医師から、障害を持って生まれる、と言われた子だ。無事生まれてきた一か月後、交通事故に遭うなんて何か意味があるのか。ガラスまみれになった赤ちゃんの体を調べるには、ＭＲＩ、レントゲンなど放射線を浴びなければならない。診断に必要な行為は二回までしかできなかった。

「やっぱり、おじさんに視てもらったほうがいいって思うんだよね。赤ちゃんは話ができないから、どうなっているか誰もわからないし。それに、あの時、おじさんと会っていれば事故も防げたかも。だから、やっぱりサキちゃんをおじさんに会わせたい」

壱心は過去に知人が交通事故に遭う予言をした。何度も忠告をしていたが、事故は防げなかった。運命は不思議だ。気をつけても防げない時もある。

果たしてサキちゃんが事故の予言をされたとしても、未然に防げていたか疑問はある。起きてしまった過去は変えられないが、未来は変えられる。赤ちゃんの現状や将来が視えれば、家族の不安は少しでも消える。友人の意見に同感だった。

「計画は早いほうがいい。おじさん、今月中にレトロ屋敷から出ていくから」

三週間後、壱心を助手席に乗せ、豪雨の中、サキちゃんの住む町に向かってハンドルを握っていた。

4

場所は東の先端、太平洋を見下ろせる坂の町。天気が良ければ潮風が気持ちよく吹き抜け、漁師たちの活気で満ち溢れる。残念ながら行った日は、景色を見る余裕もなかった。

命がけで辿り着いた場所は、線路沿いに建つ白い家、ミシュランという名の喫茶店だ。そこで待っていてくれたのは、サキちゃんとご家族だった。

計画を企てた私たちは車イスユーザーのため、豪雨で運悪く、店の前に止めた車の中で足止め状態になった。身軽な壱心は傘も差さず、ひょいひょいと小走りで先に店に入った。天候は悪くなるばかりだ。次第に雷も加わった。それから悶々と車内で待つこと十五分。濡れたズボンを拭きながら入った所は、昔懐かしい不思議な空気が流れていた。

森の喫茶店。第一印象のイメージだ。天候の影響か店内は薄暗い。それだけではない。薄暗い原因は、大きな窓の外に植わった木のせいもあった。窓一面びっしりと緑で覆われている。これが森を連想させた。出窓には一番好きな花、白いカサブランカが飾られていた。温かみのある白熱電球は、森の喫茶店を彷彿させる演出を醸し出している。

一瞬で過去に引き戻され、光と影のコントラストに懐かしい覚えを感じた。ジャズが流れる空間は、大好きだったドラマの喫茶店『森の時計』を思い出す。

壱心は初めて足を踏み入れた場所でも、相手を引きつける鑑定をしていた。過去や現在をズバズバと言い当て、未来の予言を行う。たまに、面白いあだ名を付けて場のムードを和やかにする会話も忘れていない。時折、仏教の話もしてくれた。

「大丈夫。この子は運の強い子じゃ」

現実に戻った。赤ちゃんの件だ。

「良かった。今日は来てもらって、本当に良かった」

サキちゃんや家族は、涙を拭いながら笑っていた。

医者でもわからないと言われた命に、最強の言魂が赤ちゃんの未来を包む。店内にいる誰もが胸を撫で下ろした。この言葉を聞きたくて、遠方まで連れ立って来たが、鑑定の様子を眺めながら、一つの疑問が湧いた。

生後四か月の子が持つ、運の良さ悪さの決定打とは何か。

生まれ持つ素質や環境だとしたら、人間皆平等なんて言葉はおかしいじゃないか。

キリスト教の神学思想者ジャン・カルヴァンは、神の救済に預かる者と滅びる者が予め決められているという予定説を提唱している。救済される者は、善行を積んだとか教会に寄進したとか関係なく、無条件に選ばれるそうだ。

人の幸運、不幸はあらかじめ決まっている運命論もある。不幸は避けたいが、構えても向こうから突然やってくる。そこで運の強さ弱さが発揮される。運が強ければ、赤ちゃんのように被害は少なく収まる。

壱心が教える運の強さは、仏の信仰心が強い人、それから、明るい人も運が良くなる要素を持っているそうだ。レトロ屋敷に訪れる相談者に「明るく、笑顔で」と運気が上がる方法を助言している。

話が逸れたが、赤ちゃんの運が強いのは、母の願う愛の強さだという。事故は家族の厄払いとなり、大きな転換になっている。

この家族は試されている。あらかじめ決まっている運命に試されている。たとえ闇の中に落ちたとしても、愛の糸によって必ず引き上げられる。そんな気がしてならなかった。

壱心はサキちゃんを僥倖《ぎょうこう》の運を持つ人だという。僥倖とは、思いがけない偶然の幸せという意味だ。単純に興味が湧いた。もっと知りたい気持ちは行動に出た。ノートとデジカメを持ち、「お話が聞きたい。取材してもいいですか?」と、ずうずうしくふたりの間に割り込み、ペンを握って書き込む態勢でいた。

5

僥倖の運を持つ占い師

「私は幼い頃から変わった子として育ちました。普通になるために誕生日がくるたび、『みんなと同じになれますように』とお願いをしていました」

視える物体や聞こえる声を口にした子は、周りの大人から『変わった子』として扱われていた。変わった子は霊感を持っているだけなのに、能力は幻聴、幻覚としか思われなかった。祖母は「キチガイ病院に入れ」とまで放っていたという。

人々は昔から、困り事があると、寺のお坊さんに相談をする風習があった。この家族も例外ではなかった。病院で治らない長男の病を心配した母親が、お坊さんに相談をした。病は家の増築から来ているといわれ、改善すると不思議に治った。
変わった子として育っていた娘の心配もあった。話を持ち出すなり、いきなり怒られ驚く。お坊さんは、霊感の強い子が視えていた。「もっと娘の話を聞きなさい」と怒鳴った。それから母親は娘の変わった話を聞くようになった。

『あなたはこの道の人、人を助けるんだよ』

持ちあわせた霊感を使い、悩んでいる人や心が死んだ人の話を聞く役割。それが娘の歩む道。お坊さんは娘の能力を見抜いたうえ、死の間際まで病院のベッドで伝えた。それに反して「絶対やんない！」と反発し続けたが、覚悟を決め、現在は人を助ける占い師として歩んでいる。
占い師の師匠であるお坊さんは十年以上前に亡くなっている。亡くなった後、本格的に人助けの仕事に就こうと占いを始めた。その後、師匠のような人に出会う機会はなかった。相談者から霊を貰い、体調が悪くなった。お祓いの勉強をしなければ。そんな矢先、僧侶の姿をした壱心が目の前に現れた。

「お祓いの方法を教えてやろう」

「占いをする時の服装は作務衣がいいな」

「曜日を決めて、ここで合コンをすればいいんじゃ」

占いを通して男女の出会いの手助け、社会貢献をしたいと考えていた矢先だった。いつも自分が必要な時に誰かが助けてくれた。抱えていた問題を解決してくれる人、願っていた人がやってきた。

「うわっ、誰にも合コンの話をしてないよ。何でわかるの、ビックリしたぁ」

壱心からしたら容易な透視結果だと、わたしは、両腕を擦る姿を遠目から眺めていた。

「私は念じると手に入るの。食べ物とか本とか」

欲しい物は念じると寄ってくるという。それも、自ら出向くのではなく、この喫茶店にやってくるという。そんな力があるとは知らず、壱心を知ってもらう資料として本を手渡した。果たして、占い師が希望するモノだったかはわからないが、本を抱きしめ、驚くほどはしゃいでくれた。

「私、本が大好きなの！　本当に貰っていいの⁉」

本当に本好きらしい。作家としては嬉しい限りだ。本の贈呈でこんなに喜んでくれたのは初めてだ。高揚する娘の隣で、本にまつわる不思議な話を母親がしてくれた。

「娘は本が好きでね、本屋に行くと本が話しかけてくるんだと。『サキちゃん、今度はこれを読め』ってさ。だから、行くと三冊は常に買ってくるんだよ」

わたしの周りにこんな人はいない。幼い頃から変わった子だと言われた理由がわかる。最後にもう一冊贈呈した。本から『サキちゃんのところに行きたい』と、聞こえた訳ではないが、喜んでくれる人の手元に置いてもらいたいと、胸が高鳴っていた。

「私の知りたい事を教えてくれる、こんな人、師匠以外いなかった」

壱心が占い師の心を読み取り、答えた滞在時間は三時間。豪雨もあって、喫茶店にお客が来なかったのは幸いだった。笑い声と嬉し涙が絶えない、ゆっくりとした穏やかな時間だった。人助けの道に引っ張ってくれた、写真立ての中のお坊さんは優しい顔をしている。どこか壱心に似ていた。仏法を指導する壱心と占い師を眺めながら、友人が発した言葉を思い出した。

『サキちゃん、おじさんに会ったら嬉しいし、きっとおじさんもサキちゃんに会いたいと思うんだよね』

緑の隙間から太陽が差し込んできた。まるで、店内にいる全員が何かに包まれているようだ。

外の空気が吸いたくて喫茶店の扉を開けた。風に流された雲の隙間から青い空が顔を出し、熱帯特有のムッとした空気が毛穴を刺す。なぜか気分がいい。無事に目的地に辿りついた安堵感だけではなく、何かを達成したように心は晴れ晴れとしていた。

第四章　レトロ屋敷の幕引き

1

この世は諸行無常の世界だ。

形あるものはいつか壊れ、存在するすべてのものは変化を繰り返す。

レトロ屋敷も例外ではなく、執筆している間も幕引きは刻々と迫っていた。

交流のあった人に、引っ越しの連絡をする一方で、屋敷の幽霊にも成仏するよう拝んだ。子どもの霊、動物の霊、この世に未練が残った霊、死んだ事がわからない霊。多分、相談者より屋敷に住み憑く幽霊のほうが、最後まで壱心にいて欲しかったのではないかと思う。

すべての霊を成仏させるため、二階の部屋に霊道を作った。窓際にテーブルを置き、花と果物などを供える。二階に設置した理由は、高いところに成仏しなさい、という意味だそうだ。毎日「白いほう、高いところに行きなさい」と読経した。

不要な荷物や家具を処分すれば、生活空間が殺風景になった。

残ったのは電化製品と、知り合いから預かった、運気が上がるという楕円形の墓石。

新天地も決まっていない状態で、壱心は至って平常だった。

行先も告げず、消えぬ不安を抱えながら、わたしは過去の出来事を回想していた。

2

市内中心部に壱心が引っ越して来たのは、六年前だった。

古い家は玄関まで階段があり、車イスで家に上がれなかった。それでも黒い板の切れ端をスロープ替わりに敷き、初めてレトロ屋敷に入れてもらった。

「捨てなくて良かったよ。こんな利用もできるんじゃなぁ」

板は屋敷に残された仏壇の一部だった。仏壇スロープとは、身が縮む。

「罰、当たらない？」

「大丈夫じゃ。解体する時、お祓いしたから」

悪気ないおすまし顔で壱心は発したが、それから手痛い仕返しを受ける。

レトロ屋敷から戻った夜、親指が二倍に膨れていた。低温火傷だった。掘りごたつに長時間座った状態が原因だった。

「わしが焼きを入れてやった」

冗談でも笑えない。温度感覚のない麻痺した足は、完治するまで三か月掛かった。


屋敷には鑑定を装って、壱心を貶《おとし》めようとした女もいた。

お祓いで体を触れられたと、女は警察に被害届を出す。狙いは金。知人から聞いた「レトロ屋敷に大金が隠されている」作り話を信じていた。お祓いをわいせつ行為として取り上げ、高額な示談金を取る計画を、知人の男と企てていたのだ。

屋敷の床まで探すが、どこを調べても金は見つからない。「壱心は金を隠している」作り話が簡単に崩れた。日暮らし生活が証明されると、女は示談をあっさりと取り下げた。

警察から解放され帰宅した壱心を、世間は疑いの眼差しで見た。

「金目当てで嘘を吐いた、あの女をわしは許さない」

その後、深夜二時、レトロ屋敷の廊下に、貶めた女は姿を変えて現れた。

音がするほうにカメラを向け、念じた。

『お前は誰じゃ』

廊下で写った物体は、写真付きの藁人形だった。

どこかで見た。確か、あそこで。

お祓い部屋だ。柱に打ち付けられた藁人形と女。

深夜に現れた藁人形は何を訴えに現れたのか。

わたしが聞いても、壱心は、ただ首を横に振るだけだった。

取材をさせてもらったが、本に掲載しなかった相談者もいた。

レトロ屋敷の常連だった二人の女性は、プロレスをしている女優だった。本業がプロレスに思えたが、女優が本業という。だが実際のところ仕事はゼロだった。舞台俳優として場を踏んでいた時、プロレスラー役の映画話があった。プロレスが必要だからと社長からいわれ、半年間だけ練習生となる。その間、映画の企画は流れ、貯金がゼロになった。

もしや、映画話は元々なかったのかも。疑う心を持ちながらも、彼女らは日々練習を続け、女優を目指して試合を行っていた。

「やはり、女優さんだったら、顔は避けますよね」

頬に手を置き、『顔はぶたないで、私、女優だから』と、妄想が駆け巡った。

「仲間ウチでやる時は、暗黙の了解って感じで顔は避けるよね。けど、本気プロレスは、相手を知らないから怖いですね」

本気プロレスとは、後楽園ホールで興行している試合だ。

プロレスは信頼関係で成り立つ。嫌いな相手、知らない相手だと技を受けてもらえず、戦いという争いになるそうだ。リングは役者が立つ舞台と同じ。技という台詞で成り立つ。打って受ける技には感情がある。相手に対する思いがなければ、打っても一人芝居になるだけだ。

いつかは役者に戻りたい、という二人に得意技を伺った。

「サリナは、フィッシャーマンズ・スープレックス。まいせは、踵落としね」

3

まだ時間があると思っていた矢先だった。

屋敷の取り壊しが延び、急いで引っ越しをしなくてもよい話を聞いたばかりだった。

『今日、レトロ屋敷を出たよ』

「どこにいるの？　四国？　市川？　東京？」

知っている限り、身を寄せそうな住まい先の地域を発した。

『あそこじゃ』

地名でもなく、誰かの家でもない、あそこ。

『ちょっとあってな。今はペンギンハウスにいるよ』

「ペンギン？」

ペンギンとは、あれだ。水族館で水中を泳ぐ生き物だ。ペンギンと一緒に住んでいるのか。それともペンギンの絵が書いてある家か。いったいどこに行ったのだろう。

『今、どこじゃ。家か？』

「東京。ジムのイベント会場にいる」

電話が掛かって来た日、わたしはお台場にいた。夜までびっしりスケジュールが入り、慌ただしい時間を過ごしていた。

『これは悪かったな。もう屋敷にはいないよ。その連絡だから』

急に屋敷を出た理由、電話では説明できないようなので、後日、転居先に行く約束をして電話を切った。

あそことは、出身地の四国ではなかった。屋敷から車で三十分ほど南下した田舎町。レトロ屋敷より少し遠くなったが、車で一時間以内、気軽に遊びに行ける距離だった。

4

師走の第一日曜日。

引っ越しの連絡を貰ってから二週間後、壱心が住む家まで車を走らせた。

竹林の土地を整備した広い空き地に、寂しげに建つ白い三角屋根。これは家ではなく箱だ。外壁は真っ白。ペンギンハウスと名づけた家は、その名の通り、ぴたりと嵌《はま》っていた。

だだっ広い土地の中途半端な場所に、群れから外れ、寒空の中、じいっと立っているペンギン。大雨が降ったら、浸水する悲惨さを妄想しながら、失礼ながらも笑ってしまった。

本格的な冬に突入する前に、防寒もあったものではない。好きで住んでいる訳ではないので、致し方ないが、早くちゃんとした家に落ち着けるよう、願うばかりだった。

住まいの前で待つこと数分。どうやって箱から出てくるか眺めた。目線の左端に、壱心が突如として飛び込む。予想外な展開に肩の力が抜けた。

徒歩数秒先に建つ別宅から、歩いてきたのだ。

「おはよう。今日はよろしくな」

「おはようございます。本当にここに住んでいるの？」

「そうじゃ」

壱心を乗せた車は、田舎道の細い通りを走っていた。

この日、遠方のお祓い場所まで、送迎を引き受けた。目的地は知人宅だ。潮の香りがする土地までのドライブ。知人は取材も了承してくれたので、一石二鳥の話に喜んで即答した。

「また女の子が来ていたんじゃ。朝の六時だよ。扉の鍵をガチャガチャ開ける音がして」

何の話だ。慣れない道を慎重に走らせ、黙って続きを聞いた。

「開けたら知り合いの子に似ていたから名前呼んだ。じゃがな、違ったんじゃ」

ペンギンハウスの鍵を開けた女の子には特徴があった。黒いレインコートを着たおかっぱ頭。服装と髪型に見覚えがあったから、すぐ幽霊だとわかった。

「ほんとに幽霊だったの？」

「幽霊だよ。姿は人間と一緒、少し透けているけどな」

レトロ屋敷で霊に好かれていた壱心は、転居地でも好かれた。二度も現れるとは何かある。

「知り合いに女の子の話をしたら、服装と髪型から該当する人がいたよ。生きていたら、わしと同じ位の年じゃ」

幽霊は中学生くらいの子。生きていたら七十歳近い。ということは、亡くなって五十年以上経つ。長い月日が経っても、この世に未練があって彷徨っているとは、どういうことだ。

「子どもの時に亡くなった人って、幽霊になって現れる時も、子どものままなの？」

「幽霊は姿を変えられるんじゃ。あんたが死んで、知り合いの前に現れたとしたら、知り合いが記憶している姿で現れる。車イス姿を知っている人だったら、車イス乗っているし、立っている記憶しかない人だったら、立っている姿でな」

答は、ある本で読んだ内容に似ていた。

執筆にあたり、名探偵シャーロック・ホームズの作者であるコナン・ドイルの『心霊学』を読んだ。眼科医であった著者は、心霊現象を科学的に研究していた。

読み進めていく中、興味を引かれた部分があった。それは、子どもの時に亡くなっても、霊界で自然に成長する内容だった。

五歳で亡くなった娘の親が、三十年後に他界して霊界入りする時、三十五歳に成長した娘が迎えに来る。死者は身内や知人の前に出現する時、相手が記憶している容姿で現れる、と書かれていた。

壱心の前に現れた幽霊。五十年経った現代で、少女はなにを伝えたいのか。詳しくは不明だが、今後、別の視点で取材を続けながら、成仏させてあげたいと考えている。


風もなく太陽の陽ざしが優しい大晦日。

レトロ屋敷の赤レンガの塀は半分壊され、ブルーシートに覆われていた。多くの人達が訪れた屋敷は、解体が始まっていた。

年末の国道はスムーズに流れ、いつもの休日と変わりなく、歩行者もゆったりとしたリズムで歩いている。旧街道沿いのうどん屋は、駐車場を出入りする車で賑わっていた。大晦日のお昼は蕎麦ではなく、うどん。

時代は変わっていく。昔から続く風習も、若い人達には関係なくなっているのだ。

第五章　野坪は永遠に不滅

1

本当はあまりよく知らない。

知り合って七年。本を書くにあたって、一番取材したい人が壱心だった。

どんな人生を歩み、何を考えているか知りたかった。

「わしはいいよ。あんたを上に引っ張らんといかんから」

やんわりと断る言葉から、答えたくないと聞こえた。

実話本は小説と違い、対象者が語ってくれなければ、隠れている真実は闇に包まれたままだ。誰でも語りたくない生い立ちはある。話を提供してくれる相談者を探して、携帯の電話帳を虫眼鏡で覗き込んだ。

「あれはどうじゃ。浮気相手から百四十万取った話、とか」

これ以上書き進めるには限界かも。わたしは過去を聞かない選択を取った。正体を知らなくても、知っている事実を伝えればいい。頑なに口を閉ざす姿が、掘り起こして欲しくない気持ちの現れだと、思うようになった。

2

レトロ屋敷の様子を覗いた後、ペンギンハウスに直行した。

大晦日にもかかわらず、久しぶりに壱心とゆっくり話ができた一日だった。

「勘が鋭くなったのは、上の兄が詐欺していたからなんじゃ」

あれほど過去を語らない人だったのに、どうして今なのか。

家族の恥辱。公にしても良い合図に思えた。

「書いていいの？」

「もう時効じゃろ」

生きていくだけで精一杯な戦後、それは、旅館を継いだ兄が詐欺をしていた話だった。

「わしの親は知っていたから、嫁ぎ先のじいちゃんに物凄く気を使っていたよ。子ども時代、親の顔を見て空気を読んだから、勘が鋭くなったんじゃな」

人格形成は昔も今も変わらない。幼少期に見た親の姿は、子どもの成長に最も影響を与えていた。

中学二年、お遍路をする修行僧との出会い。この出会いが人生を大きく変えた。十三年後、二十七歳。四国八十八か所の一番札、霊山寺で修業していた時だ。僧侶となった壱心は修行僧に声を掛けた。相手もすぐにわかってくれた。

『立派になったな。人生楽しく過ごして、笑って死ねればいい』

二回も会うとは縁がある。修行僧が去った後、参拝で納めた札から住所と名前を知った。修行僧は壱心という名だった。

「思えば、自分にそっくりだった」

五十年前の幼少期、青年期の自分に会いに行く。過去にタイムスリップする映画が浮かんだ。前世までさかのぼる人でもあるから、想像しても違和感はなかった。

出身地の四国には、お接待の文化がある。お遍路をする人を応援し、助けたい気持ちが根付いている。レトロ屋敷では、貧しい人にご飯を食べさせ、諸事情を抱えた人を泊まらせた。分け隔てなく受け入れた壱心は、明日、自分が生活できる保障もない状況で、不幸な人達を受け入れてきた。

死生観は一般の人が持つ次元を越えていた。悪意によって嵌められ、警察にお世話になった時も至って元気だった。普通の人間だったら精神的に参ってしまう。それでも、一瞬、心を覗かせてくれた時があった。

「みんな、自分が大変な時は、お構いなしにわしに頼ってくる。じゃがな、落ち着くと、知らん顔で去っていくんじゃ。ま、そんなもんじゃな」

ずっと心に引っかかっていた。発した後の寂しそうな表情も気になった。

国道沿いのファミレスで語った、壱心の本音を今でも鮮明に覚えている。

3

「レンの話を書いておくれ」

どうしてもレンの話を書いて欲しいという。自ら話を提供するのは珍しい。理由を聞かず、手元にあった原稿の裏をメモ代わりにして、走り書きをした。

「どうも相性が悪いんじゃ。レンがいるところに、不思議とわしはいられなくなる」
・・レンのンは物事の終わりを現している。この名前は運気の悪い人が多いようだ。最初に出会ったレンは、四国の寺に勤めていた僧侶時代だ。人を見る修行としてタクシーの運転手をしていたが、レンという男の子が職場に入ると、そこにはいられなくなった。
「レトロ屋敷の大家が飼っている猫がレンでなぁ。それから、あの子もレンじゃった」

長年付き合いのあった大家とも、屋敷から出たら交流も途切れた。屋敷前に入居した若夫婦。顔を合わせても挨拶ひとつない。その若夫婦の子どもはレンという名だった。

新天地でも出現した。お世話になっている家の娘さんの男友人だ。転居して一か月しか経っていないのに、相性の悪い名前がここでも付きまとう。

「レンと離れ離れになると十年くらい穏やかに暮らせる。じゃがな、これからレンが来るようになると、わしはここにいられなくなる」

波動が合わないとかの問題でもない。名前の二文字は何なのか。レンが家に来たら、新天地にいられなくなる奇妙な話も、当人にとっては深刻な問題だった。

翻弄されている。人並み外れた能力を持った人が、あれだけ相談者の不幸を解決した人が、鋭い勘で数々の予言を的中させた人が、レンに振り回されている。

名前との関係を突き留めたい。書く手が止まった。

「前世からの因縁とか？」

何度も首を傾げ、体から絞り出すように、ゆっくりと発した。

「これは、わしの気持ちじゃ。上手く言えない、言葉では言えない、気持ち、なんじゃ」

釈迦は悟りについて『言葉では表現しがたいもの』と伝えている。レンと悟りを比較してはいけないが、しがたいもの。として通じる。それでも、壱心は表せない言葉を『気持ち』と表現してくれた。修行を積み、悟りを開いた人でも、わからない事がある。言葉では表現できない、上手く表せない気持ちが、この世には存在していると知った。

4

これで終わりにしようと決めていた。

レトロ屋敷は野坪だった。屋敷が消滅した段階で『野坪の蠅』の幕を下ろし、本書で終わりにすると考えていた。最後まで書き終え、何回も読み返すが、なぜかしっくりこない。まとめようとするほど、何を伝えたいのか見えなくなっていた。執筆に行き詰っていたとき、ちょうど電話が入った。

「来週、護摩焚《ごまた》きをするんじゃ。これは珍しいよ。来るかい？」

珍しいに反応した。取材したい。即座に返答した。

「そしたら、あんたの願い事を紙に書いて持ってきなさい」

電話を切って、Ａ４サイズの用紙に筆ペンで願い事を書いた。一枚の紙に隙間なく書かれた心の欲望。どれか一つ、いや、二つ叶えばいいと思っていた。

春分の日に行われた護摩焚き。夜と昼の長さが同じ日、この世とあの世が近くなる。一般的には、ご先祖様に会いに行く日として、お墓参りが古くから風習となっている。壱心が春分の日に設定した意味が、なんとなくわかる気がした。

広い空き地に、用意された護摩焚き用の火炉、二つ。

背丈より高い竹笹と、三十センチに切られた生木の乳木《にゅうぼく》。お寺で見かける薄く切られた壇木《だんもく》とは別物だ。竹笹と乳木には、名前と住所が記入できる四国八十八か所のお札が貼られていた。珍しいと聞いたが、護摩焚き初体験のわたしは、見るもののすべてが珍しかった。それに、興味深い人たちにも当日出会った。

現地には先着がいた。護摩焚きに来た家族、父、母、娘の三人だ。三十歳の娘は最近、離婚をして実家に戻っていた。護摩焚きの取材は恥ずかしいから、という家族の様子を遠くから眺めた。

娘が手に持つ竹笹には、衣類、帽子、靴下が括られている。不思議だ。護摩焚きは、願いを託すもの。因縁切りに思えた。大きく炎が立つ中に竹笹を投入。顔は真剣だ。

父は護摩焚きの火を絶やさぬよう、着火する液を注ぐ。その顔からは笑みが零れていた。燃え上がる焚き木の前で手を合わせる母。壱心は母の後ろに立ち、読経を行う。

護摩焚きが終わった。悪いものを降ろしたような顔の娘、楽しそうな父、真剣な顔の母。この家族には秘密があった。

父と見えた男は母の愛人。娘と母は親子関係。娘の実父は健在だ。母の愛人の存在を知らない実父は、この日、自宅で留守番をしているという。

三人は一台の車に乗って、護摩焚きを続ける私たちに、窓を開けて帰宅の挨拶をした。ハンドルを握るのは娘、助手席には母の愛人、後部座席には母。娘は笑顔だ。愛人の男も笑っている。

「娘は鈍感というか、恋愛下手。だから母と男の関係に気づかないし、離婚した夫に結婚前から付き合っている女がいることも気づかなかった」と壱心はいう。

竹笹に括りつけた衣類は元夫が身に着けていたもの。離婚後、娘の自宅に堂々とやってくる元夫との縁切りをするため、護摩焚きにやってきた。

三人が帰った後、布のトートバッグが残されていた。娘の忘れ物だ。中身は写真が入っている。それも結婚式の写真だ。ウエディングドレスに身を包んだ娘は、最高に幸せな顔をしていた。その半年後、護摩焚きをしているとは、人生何が起きるかわからない。

壱心が、結婚式の写真を炎の中にばらまいた。

「結婚しても離婚するから止めろって、わしがあんなに反対したのになぁ」

娘も娘だが、母も母だ。護摩焚きは祈願が中心だと思ったが、そうでもない。

わたしの護摩焚きが始まった。事前に用意したお願い事の用紙、そして、本書の下書き原稿も一緒に投入した。五万文字で綴られた不幸話。相談者の因縁、災難が焼かれて煙になって天に昇っていけば、成仏できるのではないか、と思った。

レトロ屋敷が消滅しても、相談者は新天地を訪れていた。不便な場所にもかかわらず、遠方から不幸を降ろしにやってくる。笑顔になって帰る姿は、レトロ屋敷で見た光景と同じだった。

消滅したはずの野坪は場所を変え、新たな野坪として再生していた。全国から集まる実話の世界。話はまだ終わっていない、続いている。悩みを抱えた人がこの世からいなくならない限り、野坪は生き続けるのだ。

ならばわたしも。どこまで行けるか定かでないが続けよう。希望すれば奇妙な世界を体験できる、こんな環境はどこにもないと思うから。

あとがき

『野坪の蠅　弐』を執筆しながら、わたしはあるテーマと向き合っていた。自分でも向き合うことのない、重いテーマである《障害受容》だった。

なぜ、このようなテーマと向き合っていたか。それは、昨年秋、映画監督と知り合ったことから始まる。障害受容について描きたいと、真剣に語る監督に、正面から向き合いたいと思った。

受容までにはいくつかの段階があり、山と谷の曲線を繰り返す。実際のところ、どれだけの人が受け入れているか。その前に、障害受容とは何か。心の闇を奥深く掘り下げても、底辺である答に辿り着かなかった。

ある日、取材後の不幸話をまとめながら気づく。彼女らは、障害を負った訳ではないが、心に受け入れられないモノがあった。受け入れられないから悩み苦しむ。死、親、家族、社会、環境、運命。解決できないから、霊能者である壱心に救いを求めていた。

壱心は修行で開いた最終的な悟りを『無』であると教えてくれた。車イスである現実は、魂からすれば『無』であるとも。障害というモノは魂には存在しないのだ。人間という同じ姿で生きているから、他人と比べ悲しみ妬む。自由に動ける体を知っているから、なかなか現実を受け入れられない。わたしがモノを『無』だと思えるには、悟りを開くのと同じくらい苦行かもしれない、と、頭に過った。

辿り着いた底辺の《障害受容》の答は、修行僧が開く『悟り』と同じだった。死ぬまで悟りを開く人間がどれだけいるか。悟りを開ければ、悩みも苦しみもなく、死も怖くない。生きるのが辛いとか、しんどいとか思わない。

生と共に付随したモノは、壱心にも誰にも解決はできず、自ら開いて受け入れていくしかない。そう思った時、体から力が抜けて笑ってしまった。

わたしはきっと死ぬまで悟りを開けないだろう。だったら別に開かなくてもいい。それが今の自分だから。二か月間、真剣に向き合って発見した出来事だった。

ところで、これから何かが起りそうな予感がする。壱心の初夢にわたしが登場した。内容を聞けばとんでもない。とてつもなく広いパーティ会場でドレスを着て、舞台で歩いていたという。妄想好きにはたまらない。もしやこれは。それともあっちか。だが、人生、そんなに甘くはない。

「人生には楽しむ前に苦しみがある」

最近観た、昔の映画で心に残った台詞だ。

偶然にも、あとがきを書いている現在《いま》、避けては通れない谷に降りなければならなくなってしまった。ということは、その先には、正夢の扉が開いているかもしれない。いや、きっとそうなる。と思えば、どんな楽しみがあるか、見えない未来を想像して、期待に胸が膨らむのだ。

今回も多くの方々にご協力をいただきました。取材を受けてくださった皆様、続編も大変お世話になった恵ちゃん、多くの縁を繋げてくれたおじさん、誠にありがとうございました。

最後まで読んでくださった読者の皆様、不幸話はこれからも続いていきます。今後も一緒にお付き合いいただければ嬉しいです。尚、本文で紹介できなかった壱心の言魂を巻末にて掲載いたします。あなたの人生において、役立つ語録のひとつになれば幸いです。

ヤマザキ　覚

壱心語録

仏教の教えと時代の世相を入魂させた言葉は、ハッとするものから、心に沁み込むものまであった。万葉集の中で幸せがもたらされた言魂は、壱心の感性が注入されれば、壱心語録が誕生する。

心を上に持って行くから腹が立つ。下にすると腹が立たない

鋭い勘を持った少年の壱心はやがて修行僧となり、山籠もりをして更に鍛えた。山から降りて様々な人達と接して修行を重ねた。芯の通る考えを持ち、自分に自信があるからこそ、感情に流されず、冷静に他人を見られる。心の上下は人を見る目線でもある。

苦労するほど勘が鋭くなる

親の機嫌を窺いながら育った子どもは、自分を守る手段として、周りの空気を読む癖が身に付く。突然自由の体を失った人の痛みや辛さは当人しかわからない。

ちょっとした他人の言葉や行動に敏感になる。身を守るところから無意識に人を観察する。勘を鋭くしなければ、生きていけなくなった環境は、苦労や悲しみを負った人も同じであろう。

人に頼るな、自分に頼れ

壱心のもとには、鑑定の予約だけでなく、相談の電話もよく掛かって来る。確実な正解を求める人達だ。前も解決してくれたから、今度も解決してくれる。言葉は、壱心に依存している人達に向かって発したようにも思われる。

禅語である自灯明《じとうみょう》「自分自身を頼りに生きてく」は、不安を抱いた弟子に死期が近づいた仏陀《ぶっだ》が伝えた教えでもあり、壱心の言葉もこちらから来ている。

「お母さん怒っているんだけど、どうして？」

怒るお母さんを後目に、中学生の子どもから電話が掛かって来た。さすがにズッコケた。なぜだか考えればわかるはずだ。親が怒る時は子どもが何かした時なのに。

隣で電話のやり取りを聞きながら、心で呟いた。
それでも壱心は未熟な魂に優しく答えた。
「お母さんが怒っているのは、あんたがちゃんとしないからだよ」

嫉妬は魂の重りになる

自分にない物、優れて見える者を不快に思う嫉妬は邪の念。邪念は心に弊害を及ぼす。幸せを妬む嫉妬の重りは、自分を沈める。ただし、悪いことばかりではない。相手に向けた嫉妬を自分に向け、向上心や努力のエネルギーにも変えられる。

目に見えないものに媚びて、目に見えるものに毒を吐く

スマホが普及したネット中心の現代。小さな箱を動かせば、世界と繋がっている感覚に陥る。箱の中の情報は、嘘も紛れ込んでいるにもかかわらず、疑う心を忘れる。

子どもは、間違った情報が存在しているなど、疑う心を持たない。ネットで交流する見えない人に媚び、目の前にいる親に向かって毒を吐く。

「本当は目に見えるものが一番大切なのになぁ」

壱心がこのように言わざるを得ないのは、現代社会に問題がある。

有名な言葉を思い出した。サン・テグジュペリの『星の王子さま』の名言だ。

「大切なものは目には見えない。目では見えない、心で見ないと」

昔は目に見えないものを大切にしていた。今では見えるものを重要視するあまり、見えないものの存在を忘れてしまっている。

大切なものは目には見えない。星の王子さまの定義は、七十年以上経っても生き続けていた。だが、見えるものが一番大切、と言わざるを得ない壱心の言葉は、定義に反する現代を警告しているのだ。

参考文献

『眠れないほど面白い「古事記」』由良弥生／三笠書房
『二十三夜さま』まんが日本昔話
『子どもが育つ魔法の言葉』ドロシー・ロー・ノルト／レイチャル・ハリス／ＰＨＰ研究所
『コナン・ドイルの心霊学』コナン・ドイル／新潮選書
『星の王子さま』サン＝テグジュペリ／岩波書店
『就職氷河期』ウィキペディア
『ジャン・カルヴァン』ウィキペディア

プロフィール

ヤマザキ覚（やまざき・かく）

千葉県育ち。元銀行員。２００２年病気が原因で車椅子ユーザーとなる。シナリオ・センター基礎科修了。『車イスで僕は空を飛ぶ』などドラマ、映画の出演者に車椅子指導。映像化される原作を目指し、本格的に小説執筆を始める。不幸を集めた実話本『野坪の蠅』は好評で本書はその続編となる。他の著書に『おとなの宿題』『カケルとナオト』がある。

野坪の蠅　弐

二〇一七年九月二十日　初版第一刷発行

著　者　ヤマザキ覚

発行者　谷村勇輔

発行所　ブイツーソリューション
〒四六六・〇八四八
名古屋市昭和区長戸町四・四〇
電　話　〇五二・七九九・七三九一
ＦＡＸ　〇五二・七九九・七九八四

発売元　星雲社
〒一一二・〇〇〇五
東京都文京区水道一・三・三〇
電　話　〇三・三八六八・三二七五
ＦＡＸ　〇三・三八六八・六五八八

印刷所　藤原印刷

ISBN978-4-434-23554-2